Tahiti

mon amour,
ma déchirure

ISBN : 979-10-219-0413-2
ISBN des versions numériques : 979-10-219-0414-9
ISBN distribution Hachette : 979-10-219-0415-6

Anaïs Moyrand

Tahiti
mon amour, ma déchirure

Éditions Humanis

Vaihani n'a pas encore eu ses règles. Elle y pense à peine, mais au fond d'elle-même, tap tap tap, fait son cœur qui roule d'inquiétude.

C'était le week-end dernier, elle n'avait pas la permission de sortir. Et elle avait envie de s'étourdir et faire la fête avec ses copines qui l'avaient suppliée de venir. Posée sur sa chaise, sa belle robe à fleurs attendait de se tendre sur son corps impatient.

Une fois sa mère couchée, elle est passée par la fenêtre de sa chambre. Ses amies l'attendaient dehors, tapies dans le jardin. La lune éclairait tout, elles avaient l'impression d'être en plein jour. Lorsque Vaihani les a rejointes, elles ont pouffé de rire, sous la lune immense et blanche, qui projetait leur ombre sur l'herbe. Faire le mur avec une telle lumière…

« Hey, taisez-vous les filles, si ma mère m'attrape, elle me rosse ! » a grondé Vaihani entre ses dents, partagée entre la peur et l'excitation. Les rires se sont étouffés, les mains se sont touchées, les ventres bouillonnaient.

Vaihani a jeté un dernier regard en arrière, se sentant un peu coupable. Elle a chassé ce sentiment comme une libellule, la nuit promettait d'être remplie de surprises.

Quatre petites *vahine* marchaient sur la route en direction de Pirae. Tap tap tap, faisaient leurs pieds sur le goudron, elles avaient sorti les talons. Elles avançaient sous les cocotiers, fiévreuses et radieuses, frôlées par les voitures, insolentes de jeunesse.

Quand elles sont arrivées à la soirée, elles ont reconnu quelques têtes, salué des copains, pris un verre, puis deux, puis trois. L'alcool coulait dans leur gorge, c'était doux, c'était chaud, c'était bon.

Vaihani tirait sur sa robe, elle se disait qu'elle n'aurait pas dû en mettre une aussi courte, elle qui se trouve un peu ronde.

Elles ont commenté les garçons mignons, les tenues des autres filles, la jolie maison où elles étaient en bord de mer.

Puis la tête lui a tourné. Trop d'alcool, trop de bruits, trop d'émotions. Vaihani s'est rapprochée de l'eau pour mieux respirer et reprendre ses esprits.

Le brouhaha de la fête s'est assourdi, celui des vagues a augmenté. Elle a buté sur quelqu'un assis dans le sable, est tombée en riant.

— Ça va ? Tu t'es fait mal ?

La voix était grave et agréable.

— Ça va, a répondu Vaihani, en étirant les syllabes plus que d'ordinaire. Tu fais quoi, assis tout seul dans le noir ?

— Je me repose un peu, avant de continuer la soirée. Et toi ?

— Pareil.

Ensuite, Vaihani ne se souvient plus très bien. Ils ont beaucoup discuté. Du collège pour elle, de l'université pour lui, de la vie à Tahiti, des connaissances qu'ils avaient en commun. Soudain, Vaihani a entendu qu'on la cherchait, mais elle n'a pas répondu. Elle était bien avec ce garçon, elle se sentait belle dans son regard. Quand il s'est penché pour l'embrasser, elle a fermé les yeux.

Il y a eu ses mains à lui sur son corps à elle, sur ses hanches pleines et ses fesses rebondies. Il y a eu sa robe relevée, et puis lui, au-dessus, qu'elle a senti tout entier en elle. Tap tap tap, faisait le bassin de Vaihani sur le sable. Le bruit de la mer se mêlait aux battements de son cœur. Dans sa tête, le ressac, dans son corps en vrac, le plaisir qui la faisait onduler.

C'était la première fois qu'elle faisait l'amour.

Ils sont ensuite restés allongés l'un à côté de l'autre, à écouter le vent qui soufflait, doigts entremêlés. Ils ont fini par se lever pour rejoindre la fête.

— Comment tu t'appelles ? lui a demandé Vaihani.

— Maui. Tu t'en souviendras ?

— Peut-être.

Elle a eu envie d'en savoir plus sur lui, et s'ils allaient se revoir. Mais elle s'est mordu la bouche et a déposé un baiser léger sur sa joue. Avec un regard espiègle, elle est allée retrouver ses copines.

Elles ont ri et dansé, la nuit leur appartenait. Au petit matin, elles ont pris le chemin du retour.

Vaihani s'est glissée sans bruit dans sa chambre, sa mère dormait toujours.

C'était il y a une semaine. Elle aurait dû avoir ses règles, elle avait prévu de demander à sa mère une dispense pour le cours de natation de jeudi avec l'école. Elle n'a pas eu besoin de le faire.

Elle ne s'affole pas, mais elle espère les avoir bientôt.

Les semaines filent, entre les cours, les contrôles, les sorties. Quand le soir tombe et qu'elle est seule chez elle, Vaihani sent parfois l'angoisse monter, mais elle la repousse loin dans son ventre.

Lorsque sa mère rentre, tard et fatiguée, la table est mise et le dîner est prêt, la petite maison au toit de tôle plissée est rangée. Vaihani aide sa mère comme elle peut, elles se serrent les coudes toutes les deux.

Ce matin, Vaihani ne sait pas comment s'habiller, rien ne lui va. Elle finit par enfiler un short de surf qui lui arrive à mi-cuisse et un tee-shirt blanc devenu étroit qui fait ressortir sa peau mate et le léger renflement de son ventre.

Quand elle arrive à l'école, elle fait la bise à ses amies.

— De quoi vous parliez ? demande Vaihani.

— De ce week-end, répond Émilia, qui est la plus petite des quatre et qui est aussi celle qui a le regard le plus pointu. C'est également la seule blanche du groupe, la seule petite *popa'ā*. Ça te dit d'aller à la plage ?

— Oui, pourquoi pas. Il faudra que je voie avec ma mère si elle n'a pas besoin de moi.

Les yeux d'Émilia s'attardent sur la silhouette de Vaihani.

— Nini, t'es pas enceinte ?

Vaihani éclate d'un rire gêné.

— Mais non, pas du tout, pourquoi tu dis ça ?

— C'est pas pour être méchante, mais t'as grossi.

— Oh, ce doit être parce que je mange trop de bonbons. Je vais me mettre au régime ! Bon, on y va ? Si on est en retard, on va encore se faire gueuler par les profs.

Elle entraîne ses copines avec elle, mettant fin à la conversation.

Quand les cours sont terminés, au lieu de se rendre directement chez elle, Vaihani s'arrête dans le centre-ville, entre dans une pharmacie, demande dans un seul souffle un test de grossesse, expliquant que ce n'est pas pour elle, mais pour une amie.

Le pharmacien lui tend son sachet. Il ne dit rien, ses yeux clairs délavés sont comme fatigués, ils glissent sur Vaihani. Des gamines comme elle, il en a vu beaucoup. Il la sert sans desserrer les lèvres.

Vaihani repart avec son panier tressé, comme alourdi de son achat.

En arrivant chez elle, Vaihani lit la notice et fait le test aussitôt, elle ne peut plus attendre. Elle s'enferme dans les toilettes, patiente quelques minutes qui lui semblent longues comme sa vie, et le verdict tombe comme un couperet. Il lui confirme ce qu'elle sait déjà. Le test est précis, il fait remonter sa grossesse à plus de trois mois.

Vaihani a l'impression que la terre s'ouvre sous ses pieds. Elle s'appuie au mur, a du mal à respirer. Tap tap tap, fait le sang qui cogne dans ses tempes, afflue dans ses oreilles. Elle ouvre la porte des toilettes, il faut qu'elle aille prendre l'air.

Dehors, elle respire et regarde les étoiles qui ont allumé le ciel. Quand elle était petite, sa maman lui disait qu'elles veillaient sur elle. Elle se prend à espérer très fort que ce soit vrai.

Ce soir, elle mange toute seule à la petite table en bois de la cuisine, sa mère n'est pas encore là. Un sashimi avec du riz qu'elle a préparé, qu'elle mâche lentement et qui a du mal à passer.

Elle débarrasse ensuite pour faire ses devoirs. Un problème de maths à résoudre, sur lequel elle peine. Les chiffres dansent sur son cahier d'écolière. Quand elle trouve la solution, elle ferme les yeux de contentement.

Vaihani se couche avec son secret. La peur lui mord le cœur. Mais au fond d'elle, tout au fond d'elle, tap tap tap, une petite vague d'apaisement déferle et la berce. Elle est habitée. D'une main tendre elle caresse son ventre et sourit dans la nuit. Couchée sur le côté, elle sombre dans un sommeil sans rêves. Repliée sur elle-même, comme pour mieux protéger son bébé.

Quand Vaihani ouvre les yeux, il fait déjà jour. Des bruits de cuisine lui parviennent depuis son lit. Sa mère s'affaire. Elle prend une douche rapide, s'habille et la rejoint.

— Bonjour maman, dit-elle en arrivant sur la pointe des pieds dans la cuisine.

— Bonjour Hani. Le café est prêt, sers-toi.

— OK, merci. Dis maman, j'aimerais bien aller à la mer avec mes copines dimanche. T'es d'accord ?

— Oui, pas de problème.

Vaihani se racle la gorge, elle va chercher loin en elle le courage de parler à sa mère. Elle l'observe, de dos, en train de préparer son sandwich pour sa pause de midi. Sa mère a piqué une fleur d'hibiscus orangé dans ses cheveux, Vaihani s'abîme dans la contemplation des pétales.

— Autre chose ?

— Oui, maman, j'ai quelque chose à te dire.

Elle a les yeux baissés et ne perçoit pas la tension dans le dos de sa mère, ses épaules qui se resserrent comme pour accuser le coup à venir. Vaihani ouvre la bouche pour parler et sa tête valse sur le côté. Elle n'a pas vu venir la gifle.

— Tu me prends pour une idiote ? Tu crois je sais pas ?

— T'as deviné que je suis enceinte ?

— Évidemment, souffle sa mère avec un haussement d'épaules agacé.

De longues secondes silencieuses passent, s'épaississent, vibrantes d'électricité. Il y a comme un mur séparant la mère de la fille. Et puis la mère explose :

— Ça t'a pas suffi de me voir trimer toute seule pour t'élever ? Ça te fait rêver, mes heures de ménage et mon boulot de serveuse ? C'est ça tu veux pour toi et ton enfant ? Et regarde-moi quand je te parle !

Vaihani plante son regard déterminé dans celui de sa mère. Elle y lit les années de souffrance et de solitude et de résignation.

— J'avais quinze ans quand tu es née, exactement ton âge aujourd'hui, poursuit sa mère d'une voix sourde. J'en ai trente maintenant. Et je ressemble à une vieille femme.

Vaihani fixe les cheveux d'ébène de sa mère parsemés de fils blancs, ses mains usées, son visage vieilli prématurément, dans lequel le soleil et l'inquiétude ont dessiné de profonds sillons. Dans la silhouette fatiguée de sa mère, Vaihani devine parfois la jeune fille gaie et pétillante qu'elle a été.

— Pour moi, tu es toujours la plus belle, maman, dit Vaihani malgré sa joue brûlante.

Un fantôme de sourire passe sur les lèvres maternelles.

— Et c'est qui, le papa ?

— Je sais pas, répond Vaihani. Il s'appelle Maui, il vit sur la côte est.

Elle n'a pas le temps d'achever sa phrase que la main de sa mère vole sur son visage, s'écrase sur ses joues avec un bruit sec. Tap tap tap, fait le balai *niau* que sa mère a saisi de son autre main. Les nervures de feuilles de cocotier courent sur son corps d'adolescente avec furie.

— Ça va être maman et ça connaît pas le père ? Mais qu'est-ce que j'ai fait pour avoir une fille pareille ?

Vaihani s'est roulée en boule pour se protéger. Elle attend que l'orage passe. Quand sa mère est fatiguée de la battre, elle s'arrête et Vaihani reste à terre.

Quelques minutes plus tard, la porte d'entrée claque, indiquant le départ de la mère. Vaihani se relève péniblement, le corps endolori et les mains sur son ventre.

Ses yeux sont rouges quand elle arrive au collège.

— Qu'est-ce qui t'arrive ? demande Émilia dès qu'elle la voit.

Vaihani hausse les épaules.

— Tu peux nous dire, ajoute Tevei d'une voix douce, en plissant ses yeux de Chinoise.

C'est Teraina qui rompt le silence à peine installé. Elle est la plus âgée, celle sur laquelle se retournent les voyous quand elles se promènent en ville, à cause de son regard dur et fier.

— C'est ta mère qui t'a battue. Tu t'es enfin décidée à lui dire que t'attends un bébé ?

Vaihani ne dit rien, elle a honte.

— On avait deviné, Nini, ajoute gentiment Émilia, on attendait juste que tu nous en parles. Allez, c'est pas grave, raconte ! Il est beau le papa ?

Vaihani rougit et son regard se perd au loin. Elle repense au ventre dur de Maui sous ses mains et à ses os saillants du bassin.

— Oui, il était beau, répond Vaihani, et dans ses yeux, il y a beaucoup de douceur.

La cloche qui sonne les disperse comme une nuée de petites abeilles, elles se rendent à leurs cours respectifs.

Le dimanche est arrivé, après une semaine qui était comme une éternité. Vaihani se lève péniblement. La nuit était agitée, ses pensées tournaient dans sa tête en une ronde effrénée. Elle retrouve ses amies à la Pointe Vénus.

Pudique, Vaihani se baigne habillée, avec un long short de surf et un tee-shirt ample. Pas comme Émilia qui joue bruyamment dans les vagues avec son bikini échancré, son rire d'enfant plein d'écume tranchant avec ses seins ronds comme des pamplemousses. Ni comme Teraina, longiligne dans son une-pièce, attrapant au vol les vagues avec son bodyboard. Vaihani admire le dessin de ses muscles sous sa peau qui lui font comme des écailles de poisson argentées. Tevei reste également avec ses habits sur la plage, elle n'aime pas son corps resté encore trop enfantin, ses fesses plates et l'ombre fragile de sa poitrine tout juste naissante.

Tevei finit quand même par les rejoindre et Teraina laisse sa planche. Quatre petites *vahine* sautent dans les vagues comme des dauphins. Tap tap tap, fait l'eau qui gicle sur leur corps.

Elles apprécient d'autant plus cette baignade qu'il fait particulièrement lourd et chaud.

Quand elles en ont assez, elles s'allongent sur le sable noir et fixent la mer. La mer immense et remuante, aussi sombre que le sable qu'elle recouvre. Les bateaux dansent sur l'horizon.

Dans leurs cils pleins de sel, le soleil s'accroche et elles clignent des paupières. Elles parlent des potins du collège, de leurs parents qui semblent ne jamais les comprendre, et des garçons. Entre éclats de rire et pudeur.

La journée file comme l'éclair et, l'espace de quelques heures, Vaihani retrouve l'insouciance de ses quinze ans.

Elle rentre à la tombée de la nuit chez elle, après la descente en piqué du soleil rouge dans l'océan mauve.

À partir du moment où Vaihani a révélé sa grossesse à sa mère et à ses amies, son ventre est sorti d'un coup. Elle le porte en avant, tranquillement, en se tenant parfois les reins.

À l'école, quand les autres ont su, il s'est fait un grand vide autour d'elle. On dirait que les garçons n'osent plus l'approcher, les filles la regardent avec crainte, certaines la traitent même de traînée. Parmi les professeurs, il y a ceux qui font semblant de ne rien voir et ceux qui la jugent. Il y a aussi celle qui l'a prise entre quatre yeux pour lui dire que le chemin dans lequel elle s'engageait était certes difficile, mais qu'il serait aussi beau et plein de bonheurs. Que Vaihani avait en elle la force de vivre ce qui l'attendait, ça se voyait dans son regard serein. Vaihani a souri en entendant ces mots, elle a remercié rapidement et elle est partie en baissant la tête, pour que son enseignante ne voie pas ses yeux embués ni ne perçoive l'émotion qui lui prenait la gorge.

Et il y a toujours ses copines autour d'elle, pour la réconforter, partager les joies et les peines, pour l'entourer.

Vaihani porte la vie et ça lui donne une assurance nouvelle. Elle continue d'aller en cours, fait ses devoirs, aide sa mère le soir. Elle pourrait presque croire que rien n'a changé, si ce n'est son ventre alourdi, la fatigue qui l'étreint souvent, son dos douloureux, quelle que soit la position adoptée.

Sa mère a finalement accepté cet enfant à venir qui allait élargir le cercle familial et lui a dit qu'elle l'aiderait. Même si elle n'a pas pu l'accompagner pour l'échographie du cinquième mois, c'est sa *māmā rū'au* qui était à ses côtés, calme et silencieuse, aimante et attentionnée. Sa grand-mère qui lui a serré très fort la main quand elles ont appris que Vaihani attendait une petite fille. Vaihani en avait l'intuition. Une petite fille qu'elle devine lisse et belle comme la rosée du matin. Une petite fille chocolat.

Elle est heureuse et elle a peur, elle craint les lendemains autant qu'elle les attend.

Vaihani commence à sentir son enfant bouger. Tap tap tap, fait le bébé contre les parois de son ventre. On dirait un battement d'ailes de papillon. Elle pose ses mains là où il y a du mouvement et parle tendrement à son enfant. La petite fille est attendue pour la mi-juin. Vaihani lui dit que, début juin, elle passe les épreuves du brevet, alors il faut bien attendre le terme pour pointer le bout de son nez. Après, elle aura les grandes vacances pour s'occuper d'elle. Et puis, elle entrera au lycée, pendant que sa *māmā rū'au* gardera la petite. Elle est la première de sa famille à aller aussi loin.

Vaihani va assumer. Comme sa mère, comme sa grand-mère. Une lignée de femmes fortes qui affrontent la vie et la donnent. La lignée des ventres. Tap tap tap, fait le cœur de Vaihani dans sa poitrine, qui roule d'inquiétude et de bonheur.

Lou a été tirée du sommeil par le coq qui rôde autour de la maison, attiré par les grains de riz que son père aime à lui lancer.

Ça l'a mise de mauvaise humeur, elle déteste être réveillée. Elle a ouvert la fenêtre de sa chambre, a saisi ce qui lui tombait sous la main — sa trousse pleine de stylos — et l'a balancée sur le volatile qui l'a esquivé dans un tourbillon de plumes ébouriffées. Il a disparu sans demander son reste.

Elle s'est recouchée, mais n'a pas réussi à se rendormir, se tournant et retournant dans son lit, s'entortillant dans son *tifaifai*, son drap aux motifs fleuris qui lui tenait chaud.

Elle a pensé aux *firi-firi* du chinois en bas de chez elle, au pied de la montagne. L'eau lui est venue à la bouche. Elle a imaginé la peau dorée du beignet, crissant sous ses doigts, les enduisant d'huile. Au creux de sa main, la chaleur de la confiserie tout juste sortie du four et, sur la pointe de sa langue, son goût sucré. Elle s'est levée, il fallait qu'elle aille en acheter.

Après avoir noué un *pāreu* autour de sa poitrine pour se couvrir, attaché ses longs cheveux dorés en un chignon sur le sommet de son crâne, elle a pris ses clés, son argent, et mis la voiture en marche. Descendre la montagne verte qui tombe sur la mer bleue lui coupe toujours autant le souffle. Elle aime cette route sinueuse, les virages en épingle bordés de cailloux et de mousse, la terre rouge des chemins menant aux maisonnées.

Quand elle s'est garée, elle pensait à ce qu'elle allait faire de son samedi, c'est pour ça qu'elle avait l'esprit ailleurs et qu'elle n'a pas respecté la ligne claire délimitant sa place de parking. Elle était contente d'être en week-end, elle en a parfois assez de la prépa. Toujours perdue dans ses pensées, elle a ouvert la portière sans regarder.

La voiture l'a évitée de justesse, décrivant un léger arc de cercle. « Hey, la *farāni*, gare-toi mieux la prochaine fois ou rentre chez toi ! » lui a lancé la conductrice avec son accent de Tahitienne qui roulait les r.

Farāni.

L'insulte réservée aux Blancs a atteint Lou loin dans sa chair. Elle s'est tenue immobile sur le parking, pétrifiée de rage et de douleur. Son cœur battait si fort qu'elle a cru qu'il allait sortir de sa poitrine. Le sang lui est monté à la tête.

Elle a bondi, toutes griffes dehors. A hurlé des insultes en tahitien, dressé son majeur. Mais la voiture était déjà loin.

Dans la file d'attente pour acheter les beignets, elle n'arrivait pas à se calmer, continuait de trembler. Quand son tour est arrivé, elle a regardé la fillette qui tient la caisse pendant que son père prépare les *firi-firi*. D'ordinaire, elle aime bien bavarder avec la gamine qui fait les comptes avec son boulier. Elle ne doit pas avoir plus de dix ans et ses yeux brillent d'intelligence derrière la frange raide et sombre. Mais là, Lou n'avait pas envie de discuter, elle a commandé huit beignets puis est repartie. En se dirigeant vers sa voiture, elle en a mangé un. La pâte blanche et douce comme un nuage avait perdu sa saveur. Elle a dégluti. « Qu'elle aille se faire foutre cette pétasse, elle me connaît même pas » a pensé la jeune fille.

Elle s'est revue toute petite, quand elle se mêlait aux peaux brunes et faisait corps avec elles. Quand, à la maison, elle mélangeait français et tahitien. Quand elle allait partout pieds nus et pleurait si ses parents tentaient de lui faire porter des chaussures.

Farāni… Ha'avare ! Même pas vrai !

La jauge d'essence était proche de zéro, elle a roulé jusqu'à la station située à côté du Carrefour, salué l'homme qui la tient d'un haussement de sourcils et demandé le plein. Il s'est exécuté. L'odeur d'essence a rempli les narines de Lou. Il y avait une flaque, toute petite, proche de sa roue arrière. Dedans, un arc-en-ciel. Lou avait envie de le faire flamber. Elle aurait cramé la terre entière à ce moment-là. Avec le temps inhabituellement sec qu'il faisait ces jours-là, il aurait suffi d'un rien pour que tout s'embrase.

Elle a payé. Un dernier coup d'œil dans le rétroviseur. Dans l'arc-en-ciel, un bout de soleil s'était perdu.

En rentrant chez elle, Lou n'a pas prêté attention à l'allure à laquelle elle allait, l'aiguille du cadran des vitesses voltigeait, faisant voler en éclats les limitations. Les autres voitures se noyaient dans une file argentée, elle les distinguait à peine les unes des autres.

Farāni. L'insulte continuait à la brûler. Lou se souvenait de l'époque où elle allait chez sa mère qui vivait avec son Marquisien, à Heiri, au-dessus de l'aéroport.

Elle quittait les murs trop étroits de leur maison en carton et, avec des cris de sioux, rejoignait ses copains du quartier. Ils jouaient avec les margouillats, faisaient des combats de poussins, montaient dans le manguier. Elle allait plus haut que les petits Tahitiens grimpeurs de cocotiers, se rassasier de mangues au sommet, narguant le monde de son perchoir. Quand sa mère l'emmenait à la plage, au retour, ses poches étaient pleines de bernard-l'hermite. Avec sa petite troupe, ils traçaient un grand cercle au sol, mettaient les bêtes dans un bocal, les secouaient, puis les lâchaient au centre du rond. Ils hurlaient pour encourager leur animal, le gagnant étant la bête sortie la première du cercle. Lou avait du flair, elle pariait souvent sur la bonne bestiole.

Elle n'a jamais été une *farāni,* ne le sera jamais.

Arrivée chez elle, Lou est restée de longues minutes immobile dans la voiture, à écouter le silence troué par le pépiement des oiseaux et le frangipanier tout agité de vent. Personne. Son père devait encore dormir. Lou a préparé du café, mis la table du petit-déjeuner, et mangé seule sur la terrasse surplombant l'océan. Elle a besoin d'avoir la mer à portée des yeux pour se sentir bien. Quand sa mère la portait dans son ventre, elle vivait sur un bateau. Le mouvement des vagues était inscrit en Lou, circulant dans ses veines avant même qu'elle ne vienne au monde.

Le goût du café était plus amer que d'habitude, le mot lui restait en travers de la gorge. Elle a laissé une partie des beignets sur la table, pour son père, puis s'est installée à son bureau, avec une dissertation de philosophie à rédiger pour lundi. « D'ici et là-bas ». Quelle ironie ! Elle avait du mal à se concentrer. Sans cesse, le mot revenait dans sa tête, s'enroulait autour de son cerveau pour le mordre d'un coup, dansait devant ses yeux. *Farāni.*

« Rentrer chez elle », lui a sorti cette conne. Mais Lou est d'ici, malgré sa peau claire que le soleil dore comme un abricot. Elle ne connaît rien d'autre que cette terre.

Son père a passé une tête dans sa chambre.

— Bonjour, ma chérie. Merci pour les *firi-firi.*

Un éclair vert furibond lui a répondu, Lou l'a fusillé du regard.

— Que se passe-t-il ? Tu t'es levée du pied gauche ?

— C'est ton coq, il m'a énervée. Arrête de le nourrir. Un de ces quatre, je vais te piquer ton pistolet à air et le tirer.

Matthieu a éclaté de rire. Il perd facilement dix ans quand ses yeux bleus de neige et de glace s'ornent de rides malicieuses et se plissent, quand ses lèvres fines s'ouvrent sur un grand rire en cascade. Il ne fait pas ses cinquante ans, avec son air d'éternel adolescent.

— Et si tu me disais plutôt ce qui te tracasse ?

Lou a préféré ne pas parler de la blessure béante qui se creusait en elle. Elle a haussé les épaules.

— Pas envie.

— Comme tu veux. Je commence à préparer le repas du midi et tu me rejoins ?

Lou a émis un grognement qui pouvait passer pour un oui.

Elle a laissé tomber sa dissertation, mis la musique sur sa chaîne hi-fi, et tandis que les premières notes de

Somewhere over the rainbow emplissaient sa chambre, a saisi son *ukulele* pour jouer.

La musique a toujours fait partie de sa vie. Elle la berce, l'apaise ou la déchaîne, selon son humeur. Plusieurs instruments lui sont passés entre les mains. Piano, guitare, saxophone. Celui qu'elle préfère, c'est son *ukulele*. Elle l'a eu pour ses douze ans. Elle aime faire courir ses doigts sur l'instrument minuscule, pincer ses fines cordes, produire des sons qui coulent comme du miel dans l'oreille.

Il y a un autre son qu'elle aime au moins autant que celui de son fidèle compagnon, c'est celui des *tō'ere*. Dès qu'elle entend le son des percussions, ses hanches chaloupent, ses pieds se dressent, son corps tout entier est pris d'un sensuel roulis. Elle a appris à danser le *tamure* quasiment en même temps qu'elle apprenait à marcher, comme toutes les petites filles d'ici.

Son père l'a appelée depuis la terrasse, le déjeuner était prêt. Elle s'est approchée de la table d'un air circonspect. Les compétences culinaires de son père ont toujours été assez limitées.

— Tu nous as préparé quoi de beau ?

— Un saumon des dieux, répond fièrement Matthieu. Avec du riz.

Lou a humé le fumet du poisson. Ça sentait bon. Petite, quand son père lui cuisinait ce plat, elle imaginait une nourriture divine, une sorte de poisson miraculeux que son père pêchait à la force de son poignet dans des eaux mystérieuses et sacrées. Et puis le mythe s'est fissuré quand elle l'a vu l'acheter au supermarché.

Installés l'un en face de l'autre, ils ont discuté de leurs lectures actuelles en mangeant. Lou lit les livres inscrits au programme de sa classe préparatoire, Matthieu, le dernier Jim Harrison.

Farāni. L'insulte lui est revenue en mémoire comme un boomerang, a heurté son estomac. L'appétit coupé, Lou a prétexté sa dissertation à finir pour quitter la table.

Allongée sur son lit, elle a fixé un coin de ciel bleu débordant par la fenêtre. C'est comme la mer, elle a besoin de le voir. Elle a toujours été entre ciel et mer, funambule de l'île au creux de laquelle elle a vu le jour.

Sa hanche la démangeait, à cause de son tatouage encore tout récent. Des motifs tahitiens incrustés dans son corps : elle voulait la Polynésie dans sa peau.

Bercée par le défilé des nuages, elle a fini par s'endormir, tandis que l'horrible mot continuait à la hanter. *Farāni.*

Le silence épais de cette fin d'après-midi qui s'étirait l'a réveillée. Elle s'est levée, troublée par cette absence de bruit dont elle n'a pas l'habitude — quand ce n'est pas la musique des voisins qu'elle entend, c'est son père ou ses amis passés à l'improviste.

Dans la cuisine, il y avait un mot griffonné par Matthieu : il sortait ce soir. Ça tombait bien, elle aussi.

Elle s'est préparée rapidement. Une petite robe sur son corps velouté, ses cheveux ramassés en un chignon fou, ses savates aux pieds. Dans le miroir, ses yeux brillaient. Elle a cueilli une fleur de *tiare* dans le jardin, l'a respirée profondément — c'est toute sa vie qui est contenue dans cette fragrance — et l'a glissée derrière son oreille.

Avant de rejoindre ses amis, elle s'est arrêtée dans son spot habituel pour acheter du *paka*, près du pont de Punaauia. En sortant de la voiture, elle a cherché son fournisseur mais ne l'a pas trouvé. Un autre mec lui a fait signe, elle s'est approchée. Il a sorti des boîtes d'allumettes remplies d'herbe. Lou a regardé, elle hésitait.

— Tu veux essayer, pour choisir ? lui a demandé le jeune homme.

— Je veux bien, *māuruuru*.

— De rien.

Ils ont fumé en silence et l'herbe était bonne.

— T'es pas la sœur d'Adèle ?

Une ombre dans le regard de Lou. Sa sœur immensément sœur, partie en France, de l'autre côté de la terre, poursuivre ses études.

Adèle lui manquait à chaque instant.

— Si, c'est ma grande sœur. Tu la connais ?

— Oui, on était dans la même classe au lycée.

Elle l'a regardé, essayant de se rappeler si elle l'avait déjà aperçu auparavant. La peau mate, les yeux fendus et noirs, juste au-dessus des pommettes hautes, les cheveux de nuit coupés courts. Elle se rappelait vaguement sa silhouette cheminant aux côtés d'Adèle.

— Mais si vous étiez ensemble au lycée, pourquoi tu… ?

Lou s'est arrêtée, réalisant ce qu'elle s'apprêtait à demander.

— Pourquoi je vends de l'herbe, alors que je pourrais faire autre chose ?

— Je l'aurais pas dit comme ça, mais oui, c'était le sens de ma question.

Il a haussé les épaules avec fatalité et souri gentiment.

— Y'a pas grand-chose à faire ici.

Ils ont terminé leur joint, Lou a payé sa boîte et roulé jusque chez Momo.

C'est toujours chez lui que les soirées ont lieu. Tout le monde aime sa baraque qui donne sur la plage, et puis ses parents sont rarement là.

Quand elle est arrivée, la nuit était tombée et ils étaient déjà tous là, autour d'un grand feu sur le sable blanc et fin. Leilani la voleuse. Lou a souvent volé avec elle. Au marché, dans les magasins. Pas tant parce qu'elles en avaient besoin, mais plutôt pour l'adrénaline qui montait, le frisson d'interdit qui les secouait. Hinatea, qui boit trop depuis ses treize ans, mais sur laquelle on peut toujours compter. Moea, si belle et si fragile, qui dilue son angoisse de vivre dans des comprimés et dont le regard, souvent, se perd au loin. Anavai, la sérieuse avec laquelle Lou a toujours révisé, les examens comme les concours. Teiki et sa gueule d'ange, son corps sculpté par le surf et le *va'a*. Sa planche et sa pirogue, ce sont ses deux amours, avec les nanas. Momo, avec ses yeux clairs et ses cheveux champs de blé, qui tranchent avec sa peau bronzée de métis. Moitié français, moitié tahitien, il est *demi*. Elles étaient toutes amoureuses de lui en primaire, mais Momo aime les garçons, aujourd'hui.

Ils étaient là, tous réunis, sous ses yeux. Ses copains. Sa deuxième famille, celle qu'elle s'est choisie. Sa patrie pour la vie.

— Louloute ! C'est cool que tu sois là ! s'est écrié Momo en plantant un baiser chaleureux et tendre sur sa joue.

— Hey, ma sœur, lui a dit Hinatea en la prenant par le bras, on n'attendait plus que toi !

Teiki a tendu une bière à Lou avec un sourire enjôleur. Ils ont trinqué tous ensemble. *Manuia.*

Le feu léchait les étoiles. La lune ronde et pâle s'élevait au-dessus de leurs têtes, se reflétant dans la crête des vagues. La nuit était belle.

Cela ne suffisait pas à dérider Lou. Momo s'est rapproché d'elle.

— Qu'est-ce que t'as, Lou ?

Elle a plongé dans ses yeux lagon. Il est son plus vieil ami, l'oreille attentive à laquelle elle confie tous ses tourments. Elle lui a raconté. Le coq, les *firi-firi*, la voiture mal garée, et l'insulte qu'elle a ruminée toute la journée, qui avait du mal à franchir ses lèvres, tant la douleur et la honte étaient grandes. Et depuis, la boule au ventre qui enfle, la consume. Momo l'a arrêtée :

— Attends, t'es en train de me dire que, là, tu fais la gueule parce qu'une pauvre meuf t'a traitée de *farāni* ce matin ? Mais tu t'en fous, sérieusement ! En plus, t'es la plus *kaina* de nous tous ! C'est vrai, t'es notre petite racaille locale.

Lou a souri et la lumière est revenue dans son regard.

Le premier clochard

Il était le premier clochard de Tahiti.

Je me souviens de lui comme si c'était hier. Il était toujours posté au même endroit. Au feu rouge qui faisait l'angle avec le front de mer, quand on arrivait de la côte est, près du *Bora Bora Lounge*. Il essayait de se mettre à l'ombre, mais le soleil débordait sur son corps d'obèse. J'ai encore en mémoire les gouttes de sueur qui perlaient sur son visage, se perdaient dans les plis de son cou, inondaient son débardeur.

Sur son énorme ventre, il y avait un seau en plastique, pour y déposer des pièces.

Assis sur un muret, ses pieds pendaient dans le vide, chaussés de vieilles savates usées, fatiguées, patinées.

Il se tenait voûté. Je ne connaissais pas son âge exact, mais il ne devait pas avoir plus de vingt ans.

Son regard bovin glissait sur moi sans vraiment me voir. J'avais peur de le regarder dans les yeux trop longtemps et de basculer dans un puits. Je ne savais pas ce qu'il y avait au fond. Et peut-être ne tenais-je pas vraiment à le savoir.

On racontait que sa famille le laissait là pour se faire un peu d'argent. Je n'ai jamais su si c'était vrai. Il était toujours seul. Personne ne venait le déposer ni le chercher, personne ne lui parlait dans la journée. Il n'était pas au meilleur spot pour papoter, cela dit.

Parfois des sons sortaient de sa bouche, mais je ne les comprenais pas.

Je l'observais de la voiture, assise à l'arrière, tandis que ma mère conduisait. Dans mon poing serré, une pièce de cent francs. Je n'ai jamais osé la lui donner. C'est bête.

Longtemps il a été le seul clochard du *Fenua*, le seul clochard du pays. Et puis d'autres sont arrivés. Ses frères et sœurs de la nuit.

Je me souviens de toute une famille qui vivait dans le parc Bougainville. Du jour au lendemain, ils s'étaient retrouvés à la rue. Ils se lavaient dans la rivière. Mangeaient à la table en bois, prévue pour les pique-niques, les détritus ramassés dans les poubelles.

En longeant le parc pour rejoindre mes copines en ville, j'avais vu la *māmā* prendre ainsi son bain, vêtue seulement de son *pāreu*. L'étoffe colorée et fleurie se plaquait sur son corps. Majestueuse et belle dans l'eau sale et polluée, elle ne prêtait aucune attention aux passants. Comme si elle était seule, tenant à distance le reste du monde, la réalité, la rue.

J'avais repéré aussi la vieille Chinoise, près de la clinique Paofai. Accroupie par terre, avec de vieux habits bariolés, toujours mal fagotée. Elle attachait parfois ses cheveux graisseux sur le sommet de son crâne. Ça lui faisait un ananas sur la tête.

Je passais souvent devant elle et j'ai commencé par la saluer. Parfois elle me répondait, d'autres fois elle ne me voyait pas.

Elle parlait souvent seule. Un jour elle m'a dit qu'elle avait faim. Le lendemain, je suis revenue avec un sandwich que je lui ai donné. Elle l'a mangé comme si elle n'avait rien dans le ventre depuis des jours. Sans me dire merci, mais je m'en foutais.

Il m'arrivait de m'asseoir à côté d'elle, on discutait, un peu. C'est ainsi que j'appris qu'elle avait une fille. Une toute petite fille. Je la pensais grand-mère.

Les services sociaux lui en avaient retiré la garde. Depuis, elle buvait beaucoup. À moins qu'elle n'ait commencé avant. Et elle était très souvent saoule.

Quand elle me parlait de son enfant perdu, j'avais mal au cœur. Je lui disais qu'il fallait remonter la pente, j'essayais de savoir si elle avait de la famille chez qui loger, ensuite elle pourrait trouver un travail. Au bout du tunnel, j'imaginais une petite fille aux yeux fendus, qui tendait la main. Ses cheveux dans le vent, elle riait à gorge déployée en appelant sa maman.

Un jour, je ne sais pas ce qui s'est passé, je suis arrivée avec de quoi manger pour elle et, en retour, j'ai eu une volée d'insultes. Je n'ai pas compris cet accès de colère et de violence. Je ne suis même pas sûre qu'elle savait à qui elle s'adressait.

J'ai déposé la nourriture et je suis partie. Je ne lui ai plus jamais parlé après. Peut-être que ça n'était pas bien, que j'aurais dû chercher à comprendre. Je faisais des détours pour l'éviter, mes yeux glissaient sur elle.

Je l'ai vue de loin en loin. Elle ne sortait pas de la rue. Au bout du tunnel, la petite fille ne riait plus.

À Papeete aussi, près du marché surtout, il y a eu quelques mecs qui faisaient la manche. Ils demandaient une pièce de cent francs, une cigarette, à manger. Souvent maigres et âgés, ils avaient l'air fatigués.

Ils n'étaient jamais méchants et tentaient simplement leur chance. En cas de refus, ils demandaient au passant suivant, marmonnant dans leur barbe grisonnante. Je ne crois pas qu'ils vivaient dans la rue.

Et puis, à dix-huit ans, le bac en poche, j'ai quitté mon caillou. J'avais faim d'espaces immenses et de villes intenses. J'ai voyagé longtemps. Je voulais découvrir le monde, engloutir la vie à bouchées doubles, j'avais soif d'aventures. Sautant d'un pays à l'autre comme un papillon surexcité, je voulais tout voir, tout vivre, tout faire. Mais le monde m'échappait, sans cesse.

Quand je suis revenue à la maison, j'étais impatiente dans l'avion. À l'arrivée, le collier de fleurs autour du cou qui sentait bon le retour. J'ai ri de bonheur dans les bras des miens. La chaleur de l'île m'enveloppait. Comme pour me dire : ça y est, tu es là, viens que je te berce.

Je suis allée au marché : j'avais faim et envie de m'y balader. C'est là que je les ai vus. Des clochards, hommes et femmes, qui erraient, hagards. Leurs yeux hallucinés trouaient le brouillard. J'ai cru à une vision cauchemardesque, j'ai cru que je n'étais pas bien réveillée, ou que j'étais restée dans un de ces pays visités avec beaucoup de gens à la rue. Parce que chez moi, il n'y avait pas de SDF, on était solidaires, on était préservés.

Les clochards étaient nombreux. J'étais comme paralysée, tétanisée, hébétée. Sans comprendre ces corps décharnés, ces bouches édentées, ces yeux voilés. J'ai continué à avancer, doucement. Serpentant parmi les étals du marché. Leurs bouches tordues m'appelaient. Je me suis mise à courir, comme une folle, des milliers de bras essayaient de me retenir, et je les entendais tous chuchoter, gémir, me demander de l'aide. Je courais au milieu d'une forêt d'arbres dégarnis au visage terriblement humain, je pensais qu'elle allait m'ensevelir, se refermer sur moi, que j'allais être écorce parmi les peaux mortes. Que j'allais crever au milieu d'eux, la bouche ouverte sur un long cri silencieux qui déchirait leur ventre vide. J'ai couru les poumons en feu, les yeux pleins d'eau, où était mon paradis disparu ? Englouti, perverti, à jamais souillé. L'île devenait tableau, je me cognais aux bords sans parvenir à en sortir, l'île devenait tombeau. J'ai dû m'arrêter. J'avais détalé trop vite, trop longtemps, autour de moi ça tournait, sous moi ça tanguait. L'océan avait valsé au-dessus de ma tête et je foulais des nuages lourds.

Furtivement, j'ai pensé que je pourrai leur donner quelques pièces de cent francs plus tard. Pour une conscience à peine allégée.

J'ai filé chez moi, tête basse, poings serrés, sans plus rien voir. Je ne comprenais pas ce qui s'était passé en mon absence.

Le soir, je suis allée dîner aux roulottes, je voulais danser ensuite. J'avais envie que la musique s'empare de mon corps, me fasse vibrer et tout oublier. Que mes pieds battent la mesure de la terre voluptueuse et chaude.

Mais en marchant vers les roulottes, c'était pire que dans la matinée. J'avais l'impression que les clochards étaient encore plus nombreux, encore plus maigres.

Leur peau brillait sur leurs os, leurs yeux comme des phares me poursuivaient. J'ai eu peur de me retrouver à nouveau dans la forêt humaine, que l'île passe par-dessus ma tête, que l'océan recouvre tout et moi avec.

Je me suis forcée à sourire, à saluer les gens que je croisais. Avoir l'air normal, coûte que coûte, quand on déambule parmi les ruines, quand on sent qu'on est sur le point d'en devenir une. Avoir l'air normal quand rien ne semble l'être. Parfois il faut ça pour vivre, pour survivre, pour continuer. Sinon on sombre. On rejoint les autres, ceux qui n'ont pas pu continuer à faire semblant, ceux qui se sont fissurés.

Il y avait beaucoup de SDF qui dormaient sur des bancs, près du port. Leurs bras comme des lianes pendaient, se perdaient au sol. Je voyais des barbes comme des broussailles, des chevelures comme des taillis. Des corps qui se fondaient dans le paysage.

Fantômes errants que Tahiti avait oubliés.

Le premier clochard n'était plus seul.

Le jour pointe à peine et elle est déjà réveillée. La chaleur moite de l'île l'enveloppe, laisse sa peau poisseuse.

Les pieds enfouis dans le sable noir, elle boit son café en contemplant le ciel pâle, les dernières étoiles, la mer qui s'étale. Le ciel vire au blanc laiteux et l'eau a des reflets ardoise.

Anne a l'impression troublante d'être la première personne debout à Tahiti. C'est l'heure de tous les possibles, où son cœur chavire, où tout peut advenir. Elle écoute les vagues bruissantes d'écume, le murmure étouffé du vent dans les cocotiers, le chant strident des coqs.

Après avoir fait valser tee-shirt et culotte, elle plonge dans la mer. Le sel embrasse son corps, se dépose sur sa langue, brûle ses yeux. Elle nage, contre le courant, longtemps.

On dirait que je suis toujours à contre-courant.

Quand son souffle vient à manquer, Anne fait la planche et dérive au fil de l'eau. Les secondes dans sa tête défilent, Anne a un peu peur, elle ne sait pas exactement où elle se trouve ni ce qu'il y a en dessous d'elle. Mais elle aime bien ça. Si elle peut encore avoir peur, c'est qu'elle est en vie.

Doucement, Anne finit par rejoindre le rivage et s'écroule sur le sable. Les yeux mi-clos, elle respire profondément. Au loin, un frémissement secoue l'horizon. Le disque d'or émerge lentement, le ciel est pourpre. C'est pour les levers du jour qu'elle a voulu habiter sur la côte est. Entre autres. Quand ils sont arrivés en Polynésie, il y a quelques années, ils ont d'abord emménagé sur la côte ouest. Son mari y avait trouvé une grande et belle maison dans les hauteurs de Punaauia, avec vue sur le lagon. Mais Anne a toujours préféré la partie est de l'île, plus authentique, plus sauvage, plus verte et gorgée de mystères. Elle y a déniché une maison en bord de mer — elle avait de l'énergie à l'époque — et ils ont déménagé. Elle aime la mer ici, bleue sombre et sous tension, elle la préfère au lagon d'huile de l'Ouest, lumineusement bleu, immuablement calme.

À présent, l'île est colorée, la mer scintille et les étoiles ont quitté le ciel pour se disperser à la surface de l'eau. Une nouvelle journée commence.

Anne essaie de faire durer encore un peu la sensation d'infinis et de possibles. Mais maintenant que le soleil est lancé dans sa course, elle sait que tout ce qu'elle pourrait faire va se réduire comme peau de chagrin.

Quand elle est quasiment sèche, Anne se rhabille et rentre chez elle.

Ils sont à table, en train de prendre le petit-déjeuner, sur la terrasse. Arthur et leurs filles. Elle sourit. Maya se précipite dans ses bras. Anne la serre contre elle, plonge son nez dans son cou, respire son odeur de petite fille.

— Tu as bien dormi ? demande Arthur.

Anne hausse les épaules.

— Pas beaucoup. Comme d'habitude.

Elle dépose un baiser au coin de ses lèvres, passe une main distraite dans ses cheveux, repose Maya sur sa chaise.

— Un café ?

— Oui, s'il te plaît.

— J'imagine que ce n'est pas le premier ?

La voix d'Arthur. Du velours avec des accents de tendresse. Peut-être une pointe d'agacement aussi, ou d'inquiétude, elle ne saurait trop dire.

— En effet, j'en ai déjà pris un tout à l'heure. C'était bon, dit-elle en s'étirant.

Anne boit trop de café et ça n'arrange probablement pas ses problèmes d'insomnie. Elle s'en moque et savoure son breuvage en écoutant les filles raconter leurs rêves, pendant qu'Arthur parcourt le journal. Clara parle de sirènes et Maya demande de quelle couleur était leur queue de femme-poisson. Anne sourit.

— Veux-tu que j'emmène les petites à l'école ? demande Arthur.

— Cela m'est égal.

Elle sait bien qu'elle devrait s'en charger, elle ne travaille pas. Mais puisque son mari lui laisse le choix…

— OK, je m'en occupe, je n'ai pas d'urgence ce matin. Les filles, on y va dans cinq minutes !

Elles quittent la table en piaillant, filent se laver les dents. Anne les rejoint peu après dans la chambre qu'elles partagent, coiffe Maya tout en observant Clara préparer son cartable avec minutie. Cela l'émeut.

— En route ! lance Arthur depuis la voiture, en klaxonnant.

Elles arrivent, montent à l'arrière. Anne boucle la ceinture de Maya, remet en place la barrette de Clara, les embrasse tous les trois. Elle agite la main sur le perron, jusqu'à ce que le véhicule ne soit plus visible.

Et un vertige la saisit. Comme souvent après leur départ, une fois qu'elle se retrouve seule face à elle-même. Chaque matin, c'est comme si elle se tenait au bord d'un gouffre. Et elle ne quitte jamais vraiment le vide des yeux.

Tout a été laissé en plan sur la table du petit-déjeuner, elle hésite à débarrasser. Plus tard. Dans la boîte en bois rangée sur une étagère du salon, elle cherche de quoi se rouler un joint. Plus rien.

Faut que je me ravitaille en herbe.

Elle prend son paquet de cigarettes et en grille une lentement, assise dans l'herbe, à l'ombre d'un bougainvillier. Que pourrait-elle faire ? Un footing ? Du vélo ? Un tour en kayak ? Arthur le lui a offert pour ses trente ans, il y a quelques mois. Il pensait qu'elle serait heureuse de se balader sur la mer, de l'explorer autrement qu'en nageant. Anne en a fait, au début. Ses bras se sont endurcis, à coups de pagaie. Et puis elle s'est lassée. Elle a rangé le kayak dans le jardin, c'est là qu'il y passe le plus de temps, dorénavant.

Ça me ferait sûrement du bien de faire du sport.
Mais là, sérieux, il fait trop chaud.
Est-ce qu'il fait aussi lourd en enfer ?

Elle rentre dans la maison, allume le ventilateur au-dessus du lit, se glisse sous les draps. Elle fixe les pales dont le mouvement la berce et elle flotte. Comme tout à l'heure, dans l'eau… Au-dessus d'elle, les pales semblent se transformer en pétales. Morceaux de fleurs en apesanteur, plombés de chaleur, écrasés d'humidité.

Anne ne sait pas exactement combien de temps elle reste ainsi. Quand elle regarde par la fenêtre, à la lumière qu'elle perçoit dehors, elle se rend compte que la matinée est déjà bien entamée. Elle se lève, range la table du petit-déjeuner, passe le balai dans la maison. C'est son rituel matinal.

S'activer ainsi l'a mise en nage. Elle se dirige vers la salle de bain pour prendre une douche, règle le jet d'eau — tiède d'abord, puis de plus en plus fraîche. De longues minutes revigorantes s'écoulent ainsi. Quand l'eau est devenue si froide qu'elle ne la supporte presque plus, elle se fait un gommage.

Nouvelle peau, nouvelle vie ?

Dans la glace, elle observe son corps qu'elle aime bien. Son ventre plat, malgré ses deux grossesses. Ses cuisses qu'elle trouve parfois un peu rondes. Ses épaules de nageuse. Ses cheveux épais qui caressent son dos droit et fin.

Ça va, je suis encore bien fichue.

Elle se rapproche de la glace, fait une grimace, s'attarde sur ses yeux gris-vert. Il y avait de l'insolence avant dans son regard, qui a glissé vers l'indolence.

Vêtue d'un short en coton blanc et d'un débardeur bleu vif, elle se plante dans le jardin et scrute le ciel. Pas un nuage. Cela va encore être une belle journée.

J'ai envie de pluie. Une pluie violente, qui tomberait dru comme un rideau qu'on ne pourrait écarter. Je danserais nue sous cette averse brutale qui me sortirait de ma torpeur tropicale.

Je danserais nue jusqu'à ce que tombe la nuit.

Mais les seules gouttes qu'elle sent sont celles de sa sueur, qui glissent le long de sa colonne vertébrale.

Putain, dire que je viens de m'habiller.

Anne n'a pas tout de suite réalisé que ce soleil éternellement présent la trouble. Pas de saisons pour prendre conscience du temps qui passe, ici. Juste le soleil posé au-dessus de l'horizon, et le temps comme alourdi, suspendu, figé. Le temps linéaire.

Elle hésite à aller se promener le long de la mer. Aucune ombre sur la plage. Anne renonce.

Son ventre gronde. Un coup d'œil à sa montre lui confirme qu'il est bientôt l'heure de déjeuner. Elle a envie de faire une surprise à ses filles en les emmenant au restaurant.

En entrant dans la voiture, la chaleur qui y règne l'assomme et la dissuade presque d'aller plus loin. Elle s'oblige à inspirer profondément, l'air chaud lui brûle les poumons, elle met la climatisation au maximum et part.

En dix minutes, elle arrive devant la maternelle de Maya, située juste à côté de l'école primaire de Clara. Elle guette ses têtes blondes parmi les peaux sombres. Clara est là, qui discute avec ses copines. Maya arrive en trottinant, attrape la jupe de sa sœur, la tire. Clara se retourne, agacée, puis sourit en apercevant Maya, rajuste sa tenue. Comme toujours quand elle les voit, le cœur d'Anne se gonfle d'émotion.

Je les aime, mes filles, tellement ! Mais elles me rendent folle parfois. Je suis pas une maman parfaite. Ça existe ? J'en doute. C'est juste que certaines donnent mieux le change que d'autres.

Elle les appelle :

— Clara ! Maya !

— Maman ! rugissent-elles en même temps.

Elles accourent vers leur mère.

— Qu'est-ce que tu fais là ? demande Clara.

— Pourquoi ? Tu n'es pas contente de me voir ?

— Si ! Mais normalement, on mange à la cantine, aujourd'hui.

— J'ai décidé de vous emmener au restaurant. Ça vous tente ?

— Oui !

Anne prévient la surveillante à l'entrée de l'école puis repart, une fille au bout de chaque bras. Elles roulent jusqu'au centre-ville. Anne trouve une place juste devant l'Oasis. Parfait. Tandis qu'elles s'attablent, Vanina vient prendre leur commande. Grand sourire et yeux étirés en amande, elle s'approche en faisant chanter ses savates qui laissent voir ses ongles peints.

— Salut, ma belle ! Comment vas-tu ?

— Ça va, répond Anne. Et toi ?

— On fait aller… J'aimerais mieux être à la mer, ajoute Vanina en riant.

— Je comprends !

— Vous savez ce que vous voulez les filles ?

— Tu nous laisses cinq minutes ? répond Anne.

— OK alors.

Vanina tend à Anne un menu puis s'éloigne, de sa démarche lente et sensuelle de Polynésienne. Un instant, Anne suit des yeux le balancement de ses hanches puis se plonge dans le menu qu'elle lit à haute voix pour ses enfants.

— Il y a quelque chose qui vous tente, mes chéries ?

— Des frites avec du poulet ! répond Maya, d'un air décidé.

Anne observe les sourcils froncés de sa cadette et s'amuse de son assurance affichée.

— Entendu. Et toi Clara ?

— Je ne sais pas trop, répond Clara, plus indécise. J'ai pas très faim.

— Et pour des profiteroles au chocolat, tu n'as pas faim ?

Un sourire se dessine sur les lèvres de Clara.

— Et bien voilà, tu peux manger ça, propose Anne.

Les yeux de Clara se font inquiets.

— Mais, je peux pas prendre que ça, il faut que je commence par du salé.

Anne regarde sa fille, si sérieuse, si précautionneuse. La marque des aînés sans doute.

— En même temps, si tu n'as pas très faim, j'aime mieux qu'on ne gâche rien et que tu te fasses plaisir. Tu les veux, ces profiteroles ?

Le sourire de Clara s'agrandit.

Anne fait signe à Vanina qui revient.

— Alors les chéries, qu'avez-vous décidé ?

Vanina attrape le stylo avec lequel elle fait tenir son chignon sur le sommet de son crâne et ses longs cheveux noirs tombent en cascade sur ses reins. Elle note la commande d'Anne :

— Un poisson cru à la chinoise pour moi, avec beaucoup de citron, un poulet-frites et des profiteroles. Le tout en même temps, s'il te plaît.

— Ça marche, je vous apporte ça.

Quelques minutes plus tard, elles sont servies. Anne mange son poisson cru, il fond sur la langue. Maya rit devant la mine rapidement pleine de chocolat de Clara.

Anne débarbouille son aînée avec un mouchoir et interroge ses filles sur leur matinée, écoute leurs réponses vives et colorées.

Une fois son plat terminé, Vanina lui offre un café, qu'elle boit lentement en fumant une cigarette. Il est temps de ramener les petites à l'école. Anne se lève, règle l'addition, fait la bise à Vanina en partant.

Après avoir déposé ses enfants, elle se demande que faire. Assise dans la voiture, elle consulte le maigre répertoire de son téléphone. Elle ne s'est pas fait d'amis ici. Juste des copains, des connaissances, mais pas de vrais amis. Personne à appeler au beau milieu de la journée pour aller boire des mojitos et parler de tout ce qui lui passe par la tête. De ses pensées parfois far-felues, de ses idées souvent sombres, de son ennui de tous les jours.

Toutes ces pensées dans ma tête, comme des algues flottantes. On dirait qu'elles sont de plus en plus nom-breuses. Elles s'enroulent doucement autour de moi ; je sens leur souffle chaud, leur baiser humide, leur poids autour de mes poignets, de mes chevilles, de mon cou.

Elle adorerait aussi laisser filer l'après-midi en com-pagnie de quelqu'un avec qui elle se sentirait bien tout en ne disant rien.

Il y a quand même Vanina, qu'elle pourrait retour-ner voir. Mais Vanina travaille.

Anne se sent très seule. Plus que seule : isolée, cou-pée du reste du monde, loin de tout.

Elle rallume le moteur de sa voiture et prend la route, ne s'arrête pas quand elle passe devant sa mai-son. Pas envie de rentrer. À sa gauche, l'horizon. À sa droite, la montagne. Prise en étau, coincée entre le bleu et le vert, elle voudrait voir autre chose. Les points kilométriques défilent, petites bornes rouges et blanches qui marquent l'éloignement avec Papeete. Elle peut continuer comme ça, faire le tour de l'île, toujours son regard se heurtera au récif uniquement. Mousse blanche trouant le bleu, traînée d'écume séparant l'océan du lagon. Il n'y aura rien d'autre. À part Moorea, sur la côte ouest, l'île sœur de Tahiti. Elle le sait, elle a déjà fait le tour plusieurs fois, fébrile, à la recherche d'autre chose que la mer à perte de vue. « Anne, ma sœur Anne, ne vois-tu rien venir ? »

Elle a du mal à respirer, son cœur s'affole, ses mains tremblent. Anne s'arrête sur le côté de la route, essaie de se calmer.

Ça va aller, ça va aller. Au loin, il y a d'autres continents, d'autres terres, c'est juste que je ne les vois pas.

Son cœur retrouve un rythme plus régulier, elle respire mieux.

Anne rentre chez elle, fenêtres ouvertes pour que le vent circule, épousant les courbes de l'île.

Le soleil est assez haut dans le ciel, il lui reste encore un peu de temps avant que ses filles ne rentrent de l'école.

Elle traverse la maison pour aller sur la plage, marche lentement vers eux. Ils sont là, sous un manguier à l'allure ancestrale. Les fumeurs de *pakalolo*. Habituellement, ils sont trois ou quatre. Aujourd'hui, ils ne sont que deux. Immobiles, accroupis sur le sable, bras repliés sur la poitrine. On dirait qu'ils ont toujours été là, qu'ils le seront toujours. Anne leur sourit. L'un d'eux lui tend une petite boîte d'allumettes. Elle l'ouvre. L'herbe sent bon. Le vendeur lui propose de partager leur joint et ils fument en silence. Elle est bien avec eux. Après avoir payé sa boîte, elle hausse les sourcils pour dire au revoir.

Arrivée chez elle, Anne s'allonge dans le hamac, les yeux dans le vague. Une main posée négligemment sur le sol, elle se balance doucement.

Des cris retentissent dans la maison :

— Maman, maman, t'es où ?

— Ici, sur la terrasse.

Clara arrive en tête, suivie de Maya. Elles grimpent dans le hamac, se collent à leur mère, une de chaque côté. Arthur apparaît. Il sourit en les voyant, se rapproche d'elles, embrasse sa femme.

— Tout va bien ? demande Arthur, la bouche perdue dans les cheveux d'Anne.

Anne acquiesce, langoureusement.

— Tu donnes le bain aux filles, pendant que je prépare à dîner ?

— OK, répond Anne, même si elle préférerait traîner encore dans le hamac.

Le bain se remplit, Anne y dépose Maya tandis que Clara enjambe la baignoire. Les filles mettent de l'eau partout en riant bruyamment et Anne partage leurs éclats de rire. Elle savonne Maya, lave les cheveux de Clara, rince ses enfants puis les sèche.

Pendant que les filles se mettent en pyjama, Anne rejoint Arthur dans la cuisine. Elle arrive sans faire de bruit, se hisse sur la pointe des pieds, passe ses bras autour de son cou où elle dépose un baiser. Longtemps elle reste contre lui.

Ils dînent dehors, tandis que le soleil amorce sa descente vers la mer. Ce temps de la journée, entre chien et loup, Anne l'attend autant qu'elle le redoute. Elle aime quand le ciel s'ouvre et se déchire et s'embrase, ça lui donne envie de peindre même si elle n'en fait jamais rien.

Je voudrais peindre sur une toile des champs de blé et de coquelicots et que l'on ne voie plus que ça.
Il ne resterait de Tahiti que des épis brûlés et des pétales froissés.

De l'or et du sang.

Tahiti, eldorado ensanglanté.

Mais Anne craint aussi la journée finie, le temps enfui entre ses doigts comme du sable, sans qu'elle puisse le retenir ni vraiment savoir ce qu'elle en a fait.

Arthur parle, du boulot, de ses collègues. Les filles se chamaillent. Anne n'est pas vraiment là.

Lorsque le repas est terminé, Arthur se lève pour coucher les enfants. Anne leur souhaite une bonne nuit. Seule à table, elle se roule un joint et laisse la nuit montante l'envahir.

Une main se pose sur son épaule, elle sursaute. C'est Arthur. Elle lui tend le joint et il fume avec elle.

— Comment s'est passée ta journée ? demande-t-il en plongeant ses yeux bleus dans ceux d'Anne.

Décidément, tout est très bleu ici.

— Pas trop mal.

Il a l'air soulagé.

— Et qu'as-tu fait de beau ?

— Des trucs, répond vaguement Anne. J'ai déjeuné avec les filles et vu ma copine Vanina. C'est passé vite.

Cela fait longtemps qu'elle a renoncé à dire la vérité à Arthur. Elle a bien vu qu'il ne comprenait pas ce qui n'allait pas, qu'il ne comprenait pas son mal-être. Quand elle appelait ses amies en France, au début, et qu'elle se plaignait, elle a vite senti qu'elles non plus ne saisissaient pas.

On n'a pas le droit d'aller mal au pays du paradis.

Alors elle ne dit plus rien, à personne. Elle garde pour elle l'ennui sans fin, le vide sans fond, cette lourdeur qui lui plombe le cœur.

Ils débarrassent la table et font la vaisselle, en parlant du lendemain, du week-end qui arrive, des prochaines vacances. Arthur voudrait aller dans les îles, elle a des envies d'Australie. Quand tout est propre et rangé, Arthur se met au lit avec un bouquin.

Anne reste encore un peu sur la terrasse. La nuit est tombée, dense et opaque. Un mince croissant de lune se reflète dans l'eau. Elle a l'impression étrange que tout ceci — l'île, sa maison, sa vie — est irréel.

Ce soir, l'envie d'écrire la prend. Elle va chercher son carnet de bord dans le salon, l'ouvre. Cela fait six mois qu'elle n'a pas écrit. Quand elle lit la dernière page, un vertige la saisit. Elle y raconte sa journée. Quasiment identique à celle d'aujourd'hui. Elle feuillette les pages de ce cahier qu'elle ne tient pas régulièrement. Le vertige se creuse, les lettres dansent dans son regard brouillé. Elle remonte le temps et lit les mêmes mots, qui racontent la même journée, épars, couchés sur le papier.

Entre ses mains le vide, l'immobilité, le temps répété en boucle. Il n'y a pas de différence entre les pages blanches et celles couvertes de son écriture.

Elle referme son cahier et le range.

À quoi bon écrire ?

Dans la chambre, Arthur dort déjà, son livre sur le ventre. Avec précaution, elle dépose l'ouvrage par terre, éteint la lumière et s'allonge à côté de lui. Elle sait que le sommeil va se faire attendre, et quand il viendra, ce sera par petites doses, légères, saccadées.

Demain est un autre jour.

Elle ferme les yeux. Un sourire amer étire ses lèvres.

Il entend le petit jouer dans le jardin. Ça saute, ça court, ça crie. C'est un enfant plein de vie, qui déborde d'imagination.

Installé dans sa chambre, Matahei gribouille sur ses cahiers plutôt que de faire ses devoirs. Il dessine des corps de femme, qu'il a vus, devinés, désirés, d'autres seulement aperçus dans les magazines qu'il cache sous son matelas.

La porte d'entrée claque. Matahei se redresse sur sa chaise de bureau, la tension est là, subitement, dans sa nuque raidie, dans ses lèvres crispées, dans son dos tout entier immobile. Il hésite à aller dire au petit frère de se calmer, de se faire encore invisible, silencieux.

Les pas du beau-père se font entendre dans le salon, suivis du son de la télévision. Matahei se dit que c'est bon, ils ont la paix pour un moment.

L'enfant court de plus en plus vite dans le jardin. Et puis le bruit d'une assiette qui se casse. Il s'est pris les pieds dans la table, dehors, l'assiette est en miettes. On n'entend plus la télévision.

Matahei, penché sur son bureau, attend. Ses doigts tambourinent sur le bois.

Le beau-père hurle. Une claque. Une autre. Le petit pleure de plus en plus fort.

À chaque coup porté sur son demi-frère, le cœur de Matahei fait un bond terrible dans sa poitrine. Résonne dans son corps tout entier. Boum Boum Boum.

D'un coup la rage le prend. Il se lève brusquement, renverse sans le faire exprès sa table de travail et sort.

Le beau-père s'essouffle en frappant son fils recroquevillé dans l'herbe.

— Tu crois pas que ça suffit comme ça ? lance Matahei énervé.

— *Māmū* ! siffle le beau-père entre ses dents.

— Non je vais pas la fermer ! Arrête de t'en prendre à lui !

— Je fais ce que je veux, dégage.

Alors que la main du beau-père se lève encore une fois pour frapper, Matahei s'interpose, bloque le bras adulte. Le beau-père grogne, surpris. Il attrape son beau-fils par la gorge. Dans la tête de Matahei, quelque chose bascule. Une frontière invisible vient d'être franchie, une limite qui n'aurait jamais dû être atteinte. Il repousse violemment son beau-père, heurtant de ses deux mains le torse puissant. Une seconde de stupeur et le beau-père se met à le rosser, lui aussi.

C'est la première fois qu'il lève la main sur Matahei. Ils se sont déjà cherchés dans le passé, bousculés, engueulés. Mais jamais encore le beau-père ne l'a vraiment frappé. D'ordinaire, il ne touche que la maman de Matahei et le fils qu'ils ont eu ensemble.

Matahei riposte. Il a dix-sept ans et beaucoup d'années de rancœur accumulées contre ce type.

Les deux hommes s'affrontent sous les yeux du petit
terrorisé.

Et puis la mère rentre du travail. Elle entend les cris,
traverse la maison en courant. « Ça suffit ! Vous êtes
taravana, vous êtes complètement fous ! »

Elle se glisse entre ses hommes, fait de sa peau le
rempart qui sépare.

Alors la bagarre prend fin.

— File dans ta chambre, Matahei, ordonne la mère.
— Mais maman…
— Il n'y a pas de mais, tu vas dans ta chambre et tu y
restes jusqu'à ce que je vienne te chercher.

Matahei obéit en marmonnant des insultes. Allongé
sur son lit, il fixe le plafond, laisse glisser le temps. La
scène repasse devant ses yeux assombris. Il aurait dû
l'éclater encore plus, cet enfoiré. Depuis le temps qu'il
en rêve ! Sa pommette gauche le lance, il y a comme
un soleil dedans. Son nez saigne, il l'essuie d'un revers
brusque de la main. Le souvenir de son poing qui s'est
écrasé dans la gueule du beau-père le réjouit.

Il s'ennuie et tend le bras pour saisir sa guitare, se
cale sur son oreiller. Adossé au mur, il joue quelques
morceaux. Du reggae, de la musique locale, quelques-
unes de ses compositions. Il a une jolie voix rauque, où
affleure beaucoup de douceur.

La nuit est complètement tombée. Il a faim, il irait bien
se chercher quelque chose à manger, mais il n'ose pas.

Il finit par s'endormir, sa guitare posée à côté de lui comme une amante alanguie.

— Matahei, debout ! La voix de sa mère dans son oreille.

— Quoi ? Qu'est-ce qui se passe ?

— C'est l'heure d'aller au lycée. Habille-toi, on prendra le petit-déjeuner ensemble, en ville. *Ha'aviti !*

Matahei obéit à l'injonction maternelle : il saute dans son short de surf et enfile un débardeur propre. Sa mère veut avoir une discussion avec lui. C'est sûr, elle va lui annoncer que cette fois, le beau-père est allé trop loin, elle le quitte.

Par la fenêtre, la vallée de la Tipaerui s'étend en bas, comme un immense serpent. Il observe la montagne mousseuse et verte où ils sont perchés, l'océan presque gris qui s'étend à l'infini, rejoignant le ciel à peine rosé. Ça va être une belle journée.

Il fourre ses livres de maths et de français dans son sac, attrape son cahier de textes, sa trousse et sort de la maison silencieuse.

Cette maison qui va enfin redevenir ce qu'elle était avant : un lieu sans violence, où il se sentait bien, où il était content de revenir après l'école. Certes, sa mère criait parfois le soir, elle était fatiguée, elle râlait parce que Matahei n'avait rien fait, pas préparé le dîner, pas rangé la maison, pas étendu le linge. Mais ça n'était pas très grave. Et puis ils riaient bien tous les deux. Il est sûr que son frère restera avec eux, jamais sa mère ne l'abandonnera. Ils seront tous les trois. C'est juste l'autre qui dégagera.

Matahei marche dans le jardin. La rosée du matin luit sur l'herbe, son pas est doux sur les cailloux.

Il rejoint sa mère dans la voiture. Ensemble, ils descendent Pic Rouge sans échanger un mot.

Matahei ouvre sa vitre et le vent s'engouffre dans la petite Twingo.

Sa mère se gare près du centre-ville et ils s'attablent à Patachoux. Le *rae rae* qui prend leur commande a une fleur de *tiare* dans son chignon, un sourire jusqu'aux oreilles et des hanches qui ondulent ostensiblement. Une femme dans un corps d'homme.

— Un café, s'il te plaît, Wilson, avec des tartines.

— Ça marche, copine, je t'apporte ça. Et pour ce joli garçon, ce sera quoi ?

Matahei hésite un instant. Il a une faim de loup ce matin.

— Un chocolat chaud, un jus d'orange pressé et deux croissants s'il te plaît.

— OK, les chéris, chantonne Wilson de sa voix éraillée.

Ses pieds nus glissent sans bruit sur le sol.

Matahei se tient droit à table, bombe le torse. Il va être l'homme de la maison. Wilson revient avec un plateau chargé de leur commande. Heiani tourne et retourne sa cuillère dans son café, évite le regard de son fils. Matahei ne s'en rend pas compte, tout entier absorbé par les croissants que Wilson dépose devant lui. Il en attrape un qu'il mord à pleines dents.

La cuillère de sa mère racle la tasse, accroche les oreilles. Elle s'éclaircit la voix.

— Matahei, j'ai bien réfléchi. On ne peut pas continuer comme ça.

— C'est clair !

— Alors, voilà… elle hésite une seconde, une fraction de seconde, comme une louve qui ne veut pas traverser la rivière puis qui d'un coup se jette à l'eau. Tu vas vivre en ville. J'y ai pensé toute la nuit, c'est mieux pour tout le monde.

Matahei ressent comme une secousse. Une petite secousse, dont il ne mesure pas encore l'étendue.

Au fond de lui, son cœur fait un bruit de verre brisé. La cassure est nette et tranchante, béante et immonde.

Son croissant ne passe plus.

— Je comprends pas.

Blanche, la voix de Matahei, la voix qui ne tremble pas. Il regarde sa mère droit dans les yeux. Ses dix-sept ans sont loin derrière lui, il se sent vieux.

— Mon frère a un studio dans le centre-ville, dont il ne se sert pas. Tu vas y vivre, je m'arrangerai avec lui pour le loyer. Comme ça, finies les tensions entre toi et Georges. C'est mieux pour tout le monde, je t'assure.

Les lèvres de Matahei se tordent en un rictus méprisant.

— Ouais, c'est peut-être mieux pour toi et lui. Mais pas pour moi ni pour mon frère.

— Tu dis ça pour le moment, mais tu verras, je suis sûre que tu seras content. Allez, termine tes croissants, je t'amène au lycée.

Matahei ne dit rien et repousse son assiette. Il se lève, ramasse son sac, laisse en plan les restes du petit-déjeuner. « Pas la peine, j'irai à pied ». Il lance ses mots qui s'abattent sur la mère et tourne les talons. Le dos droit, la démarche qu'il veut assurée, il s'éloigne comme un homme.

Il fait quelques pas et déjà la mer est là, devant lui, immense et enveloppante, mouvante et changeante. Cette eau qui dort et peut se faire violente, meurtrière et tendre. Comme sa propre mère. Les dangers de la mer, la douceur de la mer. Des mouettes bleues flottent sur l'eau blanche.

En route pour le lycée, il pense qu'il marche vers son destin sans bien comprendre pourquoi.

La journée est floue. Il n'écoute pas vraiment les profs, salue vaguement ses potes, embrasse du bout des lèvres sa copine Marie. Marie et son teint de porcelaine, son rire mutin et sa soif toujours insatiable de vivre. Aujourd'hui, elle ne suffit pas, ne suffit plus.

À la fin de la journée, il ne sait pas trop quoi faire. Rentrer chez lui ? C'est où, chez lui, à présent ?

Il marche, perdu dans ses pensées.

Alors qu'il vient de tourner au niveau du feu rouge qui fait l'angle entre la route principale et la vallée de la Tipaerui, il entend un coup de klaxon. C'est le voisin.

— Hey, tu vas où comme ça ? Je te dépose ?

— Ouais, c'est sympa, merci, répond Matahei en grimpant dans la voiture.

Quand il rentre seul de l'école, il trouve souvent quelqu'un sur le bord de la route pour le ramasser.

Matahei ne parle pas, il pense à ce qui l'attend là-haut.

Le voisin met la radio.

Arrivé chez lui, il voit plusieurs sacs à l'entrée de la maison. La mère a commencé à vider sa chambre. Elle lui parle vite, avec la voix qui hésite, les yeux en fuite.

— Tu finiras de préparer tes affaires demain matin. J'ai fait quelques courses aujourd'hui, pour que tu sois bien dans le studio. Tu pourras y dormir dès demain soir. OK ?

Matahei hausse les épaules.

— C'est pas comme si j'avais le choix.

Il rejoint le petit frère dans sa chambre, qui lève la tête, le voit et sourit de toutes ses dents, même si ses yeux se font inquiets.

— Mati ! Tu vas où ? Maman dit que tu pars ?

Matahei se force à sourire.

— T'inquiète, je serai pas loin.

Matahei va dans la cuisine, se fait une tartine de fromage qu'il mange lentement, en réfléchissant. Puis il se rend dans sa chambre, l'observe du seuil. Sa chambre d'adolescent, à moitié vide. Il jette ses dernières affaires dans des sacs et retourne voir la mère : « Descends-moi, maintenant ». Le ton est bref, clair, l'ordre claque comme un coup de fouet. Sa mère obtempère.

Ils ne parlent pas durant le trajet.

L'immeuble où est situé l'appartement de l'oncle est juste à côté du centre Vaima, Matahei pourra marcher jusqu'au lycée.

Après avoir déchargé la voiture avec son fils, la mère le serre contre elle, fort et brièvement, puis s'en va en réprimant un sanglot.

Matahei se tient seul dans le salon déserté. C'est d'un coup que les larmes viennent, éclatent sur ses joues mates. Un gros chagrin d'enfant qui le secoue tout entier. Il les essuie d'un poing rageur, il ne veut pas pleurer, pas à cause de ce connard et de cette traînée pas foutue de le préférer à son *tane*. Comment a-t-elle pu ne pas le choisir, lui ?

Il voudrait qu'elle revienne, lui dise que c'est une connerie, qu'il va rentrer à la maison. Que tout ceci n'ait jamais existé.

La petite secousse ressentie lorsque sa mère lui a annoncé qu'il quittait la maison s'étend. Partie du cœur, elle explose dans sa tête alors que la nuit arrive brutalement.

Après avoir déplié le canapé du salon qui lui fait désormais office de lit, il s'écroule dessus et dort d'une traite, du sommeil lourd de ce qui lui reste d'enfance.

C'est le soleil qui filtre à travers les rideaux qui le réveille. Il cligne des yeux, se demande où il est. Et la réalité refait surface. C'est sa maison, désormais.

Longtemps, il reste étendu sur le lit, le cerveau blanc et la tête vide. Son ventre le tire de sa torpeur, il a faim.

Matahei se lève, inspecte les placards de la cuisine. Des Chocapics. Sa mère a pensé aux céréales qu'il aime. À peine un pincement dans sa poitrine. Il jette le paquet dans la poubelle et fouille un tiroir. Une enveloppe avec de l'argent. Décidément, sa mère a pensé à tout.

Il se dit qu'il pourrait aller en claquer un peu et sort.

La ville dort encore. Il aime aussi Papeete quand elle est assoupie. Les cafés ouvrent et il apprécie le bruit des stores des magasins qui se relèvent, ça lui fait de la compagnie. Papeete est encore grise, nacrée, un rien floutée. Matahei observe les gens déjà levés. La serveuse du Retro qui s'affaire en lustrant les tables rouges. L'homme qui dort sur le banc, face à la mer. Son ventre se soulève régulièrement. Soirée trop arrosée ou SDF ? Il ne sait pas. Plus loin, il y a les éboueurs, il les regarde rendre la ville belle. Ils se sourient, font des blagues entre eux tout en nettoyant les trottoirs des festivités de la veille. Leur chaleur est contagieuse, Matahei les salue de loin.

Il s'offre une bière au Retro et se sent grand, adulte. Il en prend une gorgée. Le goût amer lui donne envie de tout recracher. Il se reprend à temps, tousse, avale le liquide. La bière a du mal à passer, il n'aime pas trop ça en fait, mais elle lui donne une contenance, il s'oblige à la siroter. Assis tout seul, faisant tournoyer son verre, il se surprend à ressentir un vague sentiment de liberté qu'il trouve agréable.

Il paie sa consommation non terminée, se lève et déambule dans le centre-ville qui s'étire et s'éveille. Il observe les courbes d'une jeune femme qui marche devant lui, les fesses rondes tendent le short court.

Ses pas l'ont mené au marché. À l'entrée, d'immenses bouquets de fleurs. Il pense qu'il pourrait en acheter un pour Marie, elle serait contente.

Il l'appelle sur son *vini*. Elle répond à la deuxième sonnerie.

— Allo ? Il aime sa voix fraîche et douce.

— C'est moi.

— Matahei ! J'ai rêvé de toi cette nuit. T'es où ?

— En ville. Tu me rejoins ?

— J'arrive. Le temps de prendre mon petit-déjeuner avec mes parents, je leur dirai que je retrouve une copine, et je serai là.

Matahei sourit. Sa petite chérie qui fait les quatre cents coups. Quand on la regarde, elle a l'air si propre et si sage...

Il quitte le marché. Dans sa main, un lys. Pour Marie. Comme sa peau lisse et blanche qu'il a envie de croquer.

Ils se retrouvent chez lui. Elle lui saute au cou la porte à peine ouverte. Fait le tour du studio.

— Ça va, c'est pas trop mal. Comment tu t'y sens ?

— C'est cool.

Il n'a pas envie de s'attarder sur ses états d'âme.

Il se rapproche de Marie, il a envie d'elle. Il la prend brusquement, presque violemment. Lui mord l'épaule, griffe ses fesses. Il aime quand elle se tend contre lui, quand ses yeux deviennent fous, que sa bouche s'arrondit, quand elle gémit. Il lui tire les cheveux, fait ployer sa nuque, l'oblige à le regarder. Des gouttes de sueur perlent de son visage et s'écrasent sur ses seins. Les peaux moites fondent, se mélangent, ne font plus qu'une. Ils se dissolvent dans la chaleur lourde et sensuelle.

Dans les bras de Marie, Matahei oublie son exil.

Ils s'endorment blottis l'un contre l'autre, mains entrelacées, comme deux enfants égarés au milieu d'une tempête.

Lorsqu'ils se réveillent, le soleil est haut dans le ciel. « Merde, faut que je file, j'espère que mes parents ne se doutent de rien ». Marie se rhabille à toute vitesse, se penche sur Matahei, picore son visage bronzé de baisers, s'attarde sur ses yeux fendus. « À plus tard » souffle-t-elle, et elle disparaît. Le rose aux joues, le dos nu, l'épaule mordue. Le goût de l'interdit savouré, léché, dévoré. Et les lèvres qui brillent.

Elle a seize ans et elle est amoureuse.

Sans Marie, l'appartement apparaît à Matahei tel qu'il est : un refuge pour l'abriter, parce qu'on ne veut plus de lui là-haut. Il essaie de ne pas trop y penser. Mais l'onde de choc provoquée par la décision maternelle se propage, fait des ravages. Dans sa gorge nouée. Dans son regard de noyé. Dans son corps tout entier révolté, habité d'une peine trop dure à porter.

Il fait craquer ses jointures et secoue la tête pour chasser ses idées sombres, puis il s'habille et sort. Traîne ses savates au hasard des rues où ses pas le portent. Il s'assied sur le banc où l'homme de ce matin dormait. Sont-ils si différents tous les deux ? Matahei pourrait s'endormir là, lui aussi. Il aimerait que quelqu'un le regarde alors, se demande ce qui lui arrive, s'inquiète pour lui.

Ça vient doucement, par petites vagues, comme un manteau de nuit qui le recouvre. Ce sentiment de vide et de mélancolie, d'intense fatigue et de lassitude immense. Ça lui plombe l'âme, le cœur, lui cloue le corps au sol. Il est *fiu*.

Il tape dans une bouteille de vin qui traîne à ses pieds. En explosant, elle réveille un homme qui cuve sa bière, non loin. Le type se redresse à moitié dans l'herbe et s'énerve. Matahei l'insulte, se met debout. Ça lui ferait du bien de cogner quelqu'un. Cette loque humaine ne lui fait pas peur, un sourire mauvais étire ses lèvres pleines, ses yeux s'allument. Mais le mec se tasse, la silhouette dressée de Matahei l'effraie, et puis il ne veut pas d'ennui, juste se rendormir. Il se retourne et ronfle.

Matahei, déçu, retourne dans son studio. Il s'endort, l'oreiller sur sa tête enfoncée dans le matelas, comme pour écraser son cerveau.

Quand il se réveille, il a du mal à émerger. Il songe brièvement qu'il n'a pas fait ses devoirs, pas révisé le contrôle de philo du jour, et il s'en fout. À quoi bon ? Il se dit qu'il n'ira pas au lycée aujourd'hui. Pas envie. Il ira s'acheter de l'herbe et peut-être faire un peu de surf. Après tout, c'est lui qui décide de ce qu'il fait de sa vie à présent.

Et demain, il retournera en cours.

Mais les jours passent et Matahei n'y retourne pas. Il vient juste au lycée pour voir ses copains et Marie. Il y croise souvent Inès, la petite blonde de sa classe qu'il connaît depuis longtemps, mais avec laquelle il n'est devenu ami que récemment. Dès qu'elle le voit, Inès sautille vers lui, petit Jiminy Cricket au pas alerte et joyeux,

mais dont le regard se fait grave, dont la voix gronde :
« Matahei, reviens en cours ! C'est important. À la fin de
l'année, il y a le bac, tu dois l'avoir ». Elle sait qu'il l'ob-
tiendra facilement s'il se donne la peine de le passer.

Il l'écoute distraitement, sourit, ne répond pas.

Inès se rend compte qu'il est désormais sur un rivage
inaccessible, dans un monde dont elle ne sait rien, loin
de leur réalité de lycéens.

Matahei a l'air cool avec sa moto, squattant les alen-
tours du lycée avec un certain prestige auprès de ses
copains. Il vit seul, en ville, dans sa tour d'ivoire où les
copains défilent. On y fait la fête, on fume, on boit, tout
le monde l'envie. Seule Marie devine la solitude qui lui
mange le cœur. Elle la voit dans son regard.

Il y a d'autres filles parfois dans son lit. Marie le
sait, mais s'en fiche. Tout comme elle sait qu'il n'aime
qu'elle. Que les autres, toutes les autres, ne lui servent
qu'à tenter de combler le manque et le vide. Les autres
ne comptent pas, elles sont de passage pour que son
corps d'homme se gave et se vide, jouisse et s'épuise.
Peu importe qui elles sont.

Elle a seize ans et elle est amoureuse.

Les jours passent et Matahei ne fait pas grand-chose
à part fumer, faire l'amour, surfer. Et dériver. De plus
en plus, de loin en loin.

Quand il repense à la décision de sa mère, ses mains
ne tremblent plus, son torse ne tressaute plus, dans son
corps ça ne s'agite plus. Il ne reste en lui que les sillons du tremblement de terre passé. Matahei est seul au
milieu des décombres.

Il ne retournera pas à l'école, ne passera pas son bac.

À la fin de l'année, son oncle l'appelle. Il a besoin de main d'œuvre aux Marquises, pour construire sa nouvelle maison. Si Matahei accepte de l'aider, en échange, il lui laissera un lopin de terre sur laquelle Matahei pourra construire sa propre demeure.

À l'évocation des Marquises, dans la tête de Matahei, il y a un éclair vert teinté de brun et d'ocre. En un instant il revoit les falaises austères et majestueuses qui plongent abruptement dans l'océan. Les vagues qui se fracassent contre la terre, moussantes d'écume.

Matahei hésite, se dit pourquoi pas. Plus rien ne le retient à Tahiti. Marie s'envolera bientôt pour Lyon, son père y a été muté.

Il caresse l'idée de l'y accompagner, ils en ont beaucoup parlé. Il imagine Lyon, ses lumières, ses pierres, ses ruelles vivantes, ses cafés joyeux et colorés, la foule et le bruit. Il imagine Marie à son bras, les baisers au milieu de la place Bellecour, les caresses dans le parc de la Tête d'Or, leurs silhouettes déambulant le long des quais rénovés. Il a imaginé tout cela avec Google Street View, mais il n'y croit pas. Cette ville lui est inconnue. Marie y poursuivra sa vie et, s'il la suit, il sera dans le décor, un petit point qui peu à peu s'effacera. Il ne veut pas de ça.

Matahei accepte finalement la proposition de son oncle. Il ira aux Marquises, bâtira la maison de son oncle et la sienne également. Le matin il plongera dans la mer, pêchera le poisson qu'il mangera ensuite au petit-déjeuner. Toute la journée il construira, la tête vidée, les pierres posées, et peut-être que là, sur la terre de sa mère, sur la terre de ses ancêtres, il retrouvera la paix. Entouré et bercé par une mer agitée. La seule qui lui reste.

Un soir, mon père m'a emmenée au bar *Taina*, celui qui borde le front de mer. Je ne devais pas avoir plus de dix ans. Je ne sais plus pourquoi j'étais là. Peut-être qu'il n'y avait personne pour me garder. Peut-être aussi, tout simplement, que mon père avait envie de m'avoir à ses côtés. Mes parents m'ont toujours trimballée partout avec eux. J'en ai gardé un goût prononcé pour l'imprévu et la sensation agréable d'être bercée en continu.

J'étais fière d'être avec lui et contente de l'avoir tout à moi. J'étais aussi un peu intimidée, il n'y avait pas d'autres enfants.

Le brouhaha du bar et de la mer m'enveloppait. Je percevais des bribes de conversations, sans vraiment en comprendre le sens. Je détaillais les gens, essayant de deviner leurs secrets, leur existence, les liens qui les unissaient.

Il y avait le barman, avec ses dreadlocks noires comme la nuit qui lui arrivaient aux épaules, son sourire qui montait jusqu'à ses yeux et les verres avec lesquels il jonglait pour m'amuser. À ma gauche, se tenait une femme qui avait l'air d'avoir beaucoup bu. Je le voyais, car elle devait s'accrocher au bar pour rester assise sur son tabouret et sa diction semblait pâteuse. Il y avait un reste de jeunesse et de beauté dans son visage aux traits lourds. Je fixais sa peau cuivrée de Polynésienne et ses cheveux qui ondulaient comme la marée dans son dos. Je crois qu'elle était seule et qu'elle se faisait draguer par le mec à côté d'elle. Il avait l'air plus âgé qu'elle, une barbe grise couvrait la moitié de son visage blanc. Derrière eux, il y avait tout un groupe de militaires. Que des hommes. On les reconnaît facilement ici : coupes en brosse, corps musclés, et surtout, une façon de bouger comme un seul homme, comme s'il y avait une chaîne invisible qui les reliait entre eux. Dehors, sur la terrasse, j'avais repéré deux couples. L'un des deux s'embrassait avec beaucoup d'ostentation et je n'osais pas trop les regarder. Ils me mettaient mal à l'aise. L'autre couple en revanche, j'avais plaisir à les observer, ils se parlaient avec animation et complicité, se tenant la main. L'homme faisait parfois courir ses doigts sur le visage de la femme, avec beaucoup de douceur. Il y avait aussi toute une bande de jeunes, je me demandais quel âge ils avaient.

Les bulles de mon coca-cola, commandé par mon père, éclataient sur ma langue. Les glaçons tintaient dans mon verre, se fondant dans le bruit du bar. Mes cuisses collaient au cuir du tabouret sur lequel j'étais assise. La nuit n'ôtait rien à la chaleur.

Mon père se tenait à côté de moi, silencieux, perdu dans ses pensées, comme d'habitude. Cela ne me gênait pas : c'était notre façon d'être ensemble.

À un moment, il s'est levé, je crois qu'il avait aperçu une connaissance. Je faisais tourner ma paille dans mon verre, mon regard passait sur les gens et j'avais l'impression que tout valsait autour de moi.

Puis il y a eu comme un éclair blanc sur ma gauche. La femme saoule s'est retrouvée par terre. J'ai cru qu'elle avait fini par glisser de son siège. Au-dessus d'elle, coude levé, se tenait son voisin. J'ai compris avec retard ce que le coin de mon œil avait entrevu : il venait de la frapper. L'éclair, c'était son bras qui avait cogné.

En une fraction de seconde, les militaires se sont levés pour s'interposer. Ils ont bloqué le type et aidé la femme à se relever. Je ne voyais plus qu'eux : les militaires, la femme à terre, le mec dont le visage était gonflé de veines, tant il semblait furieux.

Les militaires ont attendu que l'homme se calme, que la femme tienne de nouveau sur son tabouret, et ils se sont rassis.

Moi, je faisais semblant de boire mon coca. J'avais le cœur qui cognait dans mes lèvres, dans le bout de mes doigts, à petits coups rapides et saccadés. Mes jambes tremblaient et j'avais du mal à respirer. Ça me fait toujours ça quand je suis confrontée à la violence.

Mon père est arrivé peu après. Il devait avoir vu la scène, car il a tenu à me raconter ce qui s'était passé. Mon père a toujours été partisan d'*expliquer* les choses aux enfants.

Il m'a dit que la femme avait repoussé le type en le traitant de *popa'ā*. Il s'était senti insulté. Il n'était pas Blanc, il était *demi*.

*I*l va raccrocher la robe. Il y a pensé toute la nuit. Il a eu le temps, allongé dans sa cellule, sur la banquette dure.

Ça lui fait tout drôle de se retrouver là. Lui qui d'ordinaire défend ceux qui sont derrière les barreaux.

Ce n'est pas sa passion, pas son cœur de métier. À la base, il ne voulait même pas être avocat, il voulait seulement enseigner, transmettre, susciter des vocations.

Quand les flics sont venus le chercher, il a plaisanté, il n'y croyait pas. L'ironie est venue, mordante, méprisante, cinglante. Quand ils ont voulu lui passer les menottes, c'est là qu'il s'est emporté : « Mais putain, arrêtez vos conneries, je vais vous suivre ! » Les flics les ont rangées, un peu honteux, ont marmonné que c'était la procédure. Il a ricané : « Ouais, je la connais la procédure. Je sais aussi qu'elle ne s'applique pas de la même façon à tout le monde. »

Il les a suivis sans plus discuter, il préférait lever ce malentendu au plus vite.

Mais au poste, rien ne s'est passé comme prévu. Ils l'ont foutu en cage, en taule, en cellule. Il n'y a pas de mot pour dire le vide terrible, le gris dégueulasse, le désespoir poisseux. Pour dire la merde.

Article 62-2 du Code de procédure pénale : « La garde à vue est une mesure de contrainte (...) par laquelle une personne à l'encontre de laquelle il existe une ou plusieurs raisons plausibles de soupçonner qu'elle a commis ou tenté de commettre un crime ou un délit puni d'une peine d'emprisonnement est maintenue à la disposition des enquêteurs. »

Et lui qui souffre de claustrophobie ! Il a eu envie de gueuler à nouveau, en voyant les barreaux. Il s'est obligé à respirer, a fait un effort. Il sait bien que ça ne servirait à rien de crier. Au contraire. On lui a notifié ses droits.

Article 63-1 du Code de procédure pénale : « La personne placée en garde à vue est immédiatement informée par un officier de police judiciaire ou, sous le contrôle de celui-ci, par un agent de police judiciaire, dans une langue qu'elle comprend (...) du droit, lors des auditions, après avoir décliné son identité, de faire des déclarations, de répondre aux questions qui lui sont posées ou de se taire (...) »

Il pouvait finir les phrases à la place des flics. Quand on lui a demandé s'il voulait un avocat, il a refusé. On n'est jamais mieux servi que par soi-même.

Il fallait qu'il réfléchisse. A priori, il ne craignait rien. De ce qu'il a compris, une enquête est en cours concernant un de ses gros clients. Détournement de fonds, abus de bien sociaux. OK, mais lui, il n'a rien à voir là-dedans. Il est seize heures, la garde à vue ne devrait selon lui pas réunir les conditions pour excéder vingt-quatre heures. Il faut qu'il s'arme de patience. Il avait entendu dire que d'autres proches de son client avaient été arrêtés, mais il ne pensait pas que ça lui arriverait.

Vingt-quatre heures. Tic tac tic tac tic tac. Le temps grignote son cerveau. Pas de montre, on la lui a confisquée. N'avoir plus prise sur rien, c'est à en devenir fou.

Dehors, les criquets commencent à s'exciter. Ce rappel de la vie extérieure lui semble venir de très loin.

Il n'a rien fait, rien à se reprocher, il devrait être libéré. Quand il sort, terminé, il se remet à ce qu'il aime faire. Enseigner, faire ses consultations. Exceller dans le domaine qui le passionne, monter toujours plus haut, en homme de l'ombre, celui qui conseille sans être sous les feux des projecteurs. Le pingouin, c'est fini. Porter sa robe noire et blanche, aller faire le mariole devant les juges, il en a marre. Pas fait pour lui.

Et il déteste les permanences pénales. La dernière qu'il a assurée lui revient en tête. Un couple qui avait tué leur fillette de trois ans. À force de coups. Le calvaire de la gamine avait duré des mois, personne n'avait rien dit, rien vu, rien fait. Il avait dû défendre les parents. Les confrères avaient cru qu'il perdait pied. Il était au contraire très clairvoyant. Il avait fait de sa plaidoirie un réquisitoire contre l'église. Que pouvait-il faire d'autre ? Quelle connerie que cette religion qui interdisait la contraception ! Autant de bêtise de la part de l'église, c'était criminel. Le couple avait treize gamins. Ne savait plus quoi en faire. Ça servait à quoi d'aller à l'église le dimanche, d'écouter des sermons à la con, et de faire crever son enfant ? Il avait haussé la voix, s'était enflammé. Un grand silence avait saisi la salle. Le président du tribunal l'avait regardé, impassible, et avait suivi les réquisitions du ministère public. Direction la prison. La greffière avait souri, légèrement.

Il avait quitté le palais tout de suite après. Trop de monde, trop chaud. Quelle idée aussi, ces robes d'avocat sous les tropiques. Pourtant, il en avait pris une légère, la plus légère possible, dans une petite boutique du onzième arrondissement de Paris. Mais ici, quelle que soit sa tenue, il a toujours trop chaud. Il attend la saison des pluies avec impatience, la divine pluie, rafraîchissante, qui exhale le goudron et refait tomber en enfance. Cette année, il a l'impression qu'elle n'arrivera jamais.

Dehors, une fois sa plaidoirie crachée, les journalistes de *La Dépêche* l'attendaient. « Maître, comment défendre l'indéfendable ? ». « Maître, que pensez-vous de vos clients ? » « Maître, quel est le verdict ? ». Il avait à peine répondu aux questions. Demain, il y aurait probablement un entrefilet dans le journal local sur cette affaire, avec son portrait. Il s'en foutait de la pseudo-célébrité. L'histoire, il préférait l'écrire, à coups de lois du pays, de recours contre des actes attaquables, d'interventions en urgence pour le gouvernement local. Là, il était passionné. Là, il tordait ses neurones, creusait des pistes, vibrait de joie quand, au terme d'un cheminement ardu et sinueux, il trouvait une solution.

Tic tac tic tac tic tac. S'est-il écoulé deux heures ou cent ans depuis qu'il est là ? L'obscurité qui provient du dehors lui apprend que la nuit est tombée. Cela fait donc au moins deux heures qu'il est enfermé. Plus que vingt-deux heures au maximum et il sera dehors. Il se dit qu'il en rira, une fois sorti, qu'il en viendra peut-être même à penser que c'était une expérience intéressante, où il a eu l'occasion de réfléchir, de méditer. Il n'y a que ça à faire.

Les souvenirs peuplent son cerveau. Il se rappelle sa première permanence pénale, le gars avait frappé sa femme. Il avait obtenu la relaxe et juste une amende. Le soir, en rentrant chez lui, il avait vu au pied de la montagne, au fond de la vallée de la Tipaerui, le même gars qui faisait la fête avec ses copains. Ils avaient reconnu la moto de l'avocat, l'avaient arrêté, lui avaient proposé une bière. Il avait décliné poliment. Le client l'avait remercié, ses potes avaient demandé : « Mais enfin, Maître, c'est quoi, cette amende ?! » Il avait eu le malheur de répondre que le type avait quand même passé sa femme, enceinte de surcroît, par-dessus la bagnole. Les mecs avaient grondé, s'étaient rapprochés de lui, les yeux injectés de sang, les poings bouillants. Il était remonté dare-dare sur sa moto, avait filé. Ça lui apprendra à dire ce qu'il pensait.

Qu'est-ce qu'il ne donnerait pas pour conduire sa moto, là ! Filer, grisé par la vitesse. Sentir sous ses reins vrombir et gémir sa XT 500, sous ses mains, les poignées usées qui épousent la forme de ses doigts, voir le soleil éclater dans le rétroviseur. Aller toujours plus vite. Quand il est sur sa moto, il ne touche plus terre, il vole, il est libre. D'ailleurs, il doit faire venir des pièces de métropole, elle commence à se faire vieille.

Penser à sa moto, aux pièces à commander, lui change les idées. Il oublie momentanément où il est. Il a toujours eu cette capacité à s'extraire du réel. Être là tout en étant à mille lieues de là. Pratique, quand on est enfermé.

Les dossiers défilent dans sa mémoire. Son cerveau s'agite pour se tenir occupé. Il ne sait pas pourquoi les permanences pénales lui reviennent autant. Peut-être parce qu'il était confronté à un univers qu'il devinait présent en Polynésie, mais dont il restait en général préservé. Un monde qui le dérangeait, le dépassait. Il se souvient du téléphone qui sonne, de l'obligation de laisser en plan ce qu'il était en train de faire. Pour un domaine qu'il n'aimait pas, qu'il n'avait pas choisi. Et ce sentiment que la justice ne fonctionnait pas. Les gars avaient des casiers longs comme le bras. Il avait l'impression de voir défiler les mêmes histoires, les mêmes vies cassées. Et pourtant, elles étaient toutes différentes. Il se remémore cette affaire où celui qui n'avait plus le droit d'approcher sa femme lui avait brisé la mâchoire. Pendant le procès, il sentait que le vent tournait, qu'on allait faire preuve de clémence envers son client. *Mais qu'on le foute en taule !* fulminait-il intérieurement. *Le type qui bat sa femme, à qui on interdit de la voir et qui lui défonce la mâchoire, pas de quartier !* Quand ça avait été son tour de prendre la parole, il s'était levé, avait simplement dit : « Je m'en remets à la sagesse du tribunal » et s'était rassis. Murmures dans la salle. Le juge qui se tourne vers la greffière, en aparté : « Ne notez pas ça ». Et puis s'adressant à lui : « Maître reprenez-vous, je vous en prie ». Il avait soupiré, s'était levé. Avait regardé le plafond du tribunal, cherché l'inspiration. Il avait dit que ce devait être la faute à l'amour. Voilà, ce devait être ça. Et il avait maintenu qu'il s'en remettait à la sagesse du tribunal.

Il sourit presque du fond de sa cellule, en y repensant.

La nuit s'est épaissie, le temps travaille pour lui. Encore quelques heures à tenir. Ne pas devenir barge face à ces barreaux.

Ce qui le rendait fou, justement, c'était ces mecs qu'on envoyait en taule parce qu'ils cultivaient et vendaient du *paka*. Il y avait quand même mieux à faire. Il y avait quand même plus urgent que d'aller faire chier ces types qui se faisaient un peu de blé avec de l'herbe, mais qui au fond n'emmerdaient personne. Jamais les moyens de la justice ne lui avaient semblé aussi mal dépensés.

Doucement, il sombre dans un mauvais sommeil. Tant mieux, ça passera plus vite. Il se réveille en sursaut et porte machinalement son poignet devant ses yeux. Rien. Se souvient de l'endroit où il se trouve. Les lueurs de l'aube pointent. Sa garde à vue va se terminer. Bientôt, bientôt.

Article 63 du Code de procédure pénale : « La durée de la garde à vue ne peut excéder vingt-quatre heures. Toutefois, la garde à vue peut être prolongée pour un nouveau délai de vingt-quatre heures au plus, sur autorisation écrite et motivée du procureur de la République, si l'infraction que la personne est soupçonnée d'avoir commise ou tenté de commettre est un crime ou un délit puni d'une peine d'emprisonnement supérieure ou égale à un an (...) »

Il attend le pas des gardiens dans le couloir. Le cliquetis de la clé dans la serrure qui sonne la liberté. Il attend. Il attend encore alors que, dehors, les étoiles pâlissent.

C'est sûr, quand il sort, il raccroche la robe.

Elle a vingt ans et un cul insolent. Qu'elle utilise à bon ou à mauvais escient ? Qu'elle utilise, tout simplement.

Pour avoir le nouvel iPhone, un bijou, une jolie robe. Peut-être même une voiture. Si elle est gentille, qu'elle fait bien tout ce qu'on lui dit.

Elle a plusieurs amants. Des *popa'ā*, des Chinois, des Polynésiens, des *demis*. Ils vont et ils viennent. Au rythme de leurs envies et des siennes. De leurs cadeaux et de ses cuisses frémissantes qui s'ouvrent et se referment.

En ce moment, il y a en a un qui est présent plus que les autres. Peut-être même qu'il finira par tous les éclipser. Elle est en train de devenir sa maîtresse attitrée.

Et puis quoi ? Le mariage, les gosses, la maison dans un beau quartier résidentiel de la côte ouest ?

Tamara secoue la tête, ça la ferait presque rire. Ce n'est pas tant qu'elle n'y croit pas, c'est juste que ça ne lui fait pas plus envie que ça. Par contre, elle ne dirait pas non à un peu plus de luxe et de tranquillité au quotidien.

Elle a passé la nuit avec son amant qui est en train de devenir son officiel. Elle se sent bien dans sa maison. Vaste, spacieuse, avec un jardin verdoyant en bord de mer. En fin de journée, elle voit le soleil qui meurt à côté de Moorea. Ils ont bu du champagne hier soir. Sans raison particulière, sans événement à célébrer. Son amant en raffole. Tamara préfère la bière, mais ne dit pas non à une coupe. Quel âge a son amant ? Au moins le double du sien.

Ils ont fait l'amour cette nuit, plusieurs fois. Elle s'est endormie très tard, dans des draps en coton qui sentaient bon la lessive. Il y a quelques semaines, elle avait trouvé le lit un peu sale, il y avait des taches dessus. Elle avait demandé timidement si elle pouvait faire une machine. Il avait accepté en hochant distraitement la tête. Ça lui a un peu donné l'impression de faire sienne cette maison. Le linge avait séché au cours d'un des nombreux après-midi où la chaleur éclatait.

Ce matin, il lui a proposé de se revoir durant la semaine. Tamara a souri. Il lui a demandé ce qu'elle avait envie de faire. Les yeux plissés de plaisir, elle s'est exclamée : « Danser ! » Ils sont convenus d'aller au *Bora-Bora lounge*.

Elle aime danser, Tamara. Par-dessus tout. Quand elle sort en boîte, elle laisse ses chaussures dans un coin, grimpe sur une table, le bar, ou reste à même le sol, elle ferme les yeux et elle danse. Elle est comme en transe avec la musique qui se déverse dans l'oreille, allume le corps. Elle peut rester ainsi durant des heures, elle ne boit même pas. Dans ces moments-là, elle remarque à peine les regards des hommes posés sur elle.

Il y a aussi les spectacles de danse auxquels elle participe. Le contact du bois sous les pieds, du sable, ou du sol de la pièce où la troupe se produit. La musique qui fait remuer le bassin, bouger les cuisses et onduler les bras. Les corps parés de fleurs qui embaument, tout juste vêtus et qui se dévoilent avec grâce. Elle a un peu le trac lorsqu'elle est devant, au premier rang, sous les feux des projecteurs, et elle adore ça. Quand elle est à l'arrière, dans les rangs du fond, elle entend les fesses des danseuses qui claquent sous l'effet des hanches qui roulent. La dernière fois, elle a perdu son soutien-gorge pendant le spectacle. Elle a continué comme si de rien n'était. Rien ne doit venir troubler l'harmonie des mouvements, le déroulement de la chorégraphie : c'est la consigne. Elle a dansé malgré ses seins nus exposés à la vue de tous, jusqu'à ce que celui dont c'est le rôle se coule derrière elle, rattache son soutien-gorge et se retire comme une ombre dans les coulisses.

Elle danse également toute seule dans sa chambre. La porte bloquée avec une chaise, pour que personne ne puisse entrer, elle pousse le volume de la radio à fond.

Parfois, quand elle est un peu saoule, elle danse aussi dans la rue.

Il n'y a que cela qu'elle aime réellement Tamara, danser. Le reste ne compte pas vraiment.

Avec son amant, ils se sont mis d'accord sur la date de leur prochain rendez-vous en prenant leur petit-déjeuner. Tamara a eu l'impression — pas désagréable — de faire partie des meubles, de faire corps avec le décor. Elle a bu son café, mangé ses tartines, pendant qu'il lisait *Le Monde*. Il le lui a proposé après l'avoir terminé, mais elle a refusé. Ce qui se passe au-delà du récif, elle s'en fiche. Il lui donne aussi parfois des livres qu'il aime bien. Elle les prend, mais ne les ouvre pas. Quand il la questionne ensuite, pour savoir si elle a aimé, elle esquive, dit qu'elle n'a pas fini, pas encore, plus tard. Il n'est pas dupe.

Une fois leur repas terminé, ils sont allés en ville et ont fait un bout de chemin ensemble. Au détour d'une ruelle, la vitrine qui claque, étincelle, et la robe sur le mannequin qui a accroché les yeux de Tamara. Elle l'a regardé, lui, ensuite. Il a compris. Ils sont entrés dans la boutique, elle a essayé la robe. Il l'a trouvée sublime avec et la lui a offerte. Elle est ressortie en la portant. Sur son corps encore gonflé de sexe qui avait bien mérité ce cadeau. Ils se sont dit au revoir quelques mètres plus loin, il devait aller travailler.

Elle a déambulé dans les ruelles de Papeete. Contente de son nouveau vêtement. Sans plus.

Elle pourrait proposer à son amant de décorer sa maison qui est un peu vide, elle la rendrait encore plus jolie. S'il lui laisse sa carte bleue, elle fera des folies. Ce ne sont pas les idées de meubles et de tableaux qui lui manquent.

Ce soir, elle a rendez-vous avec un autre de ses amants. Un Chinois très âgé et très riche. Il l'emmène dîner au *Blue Banana*. Il aime les mets raffinés, les bons vins, les jolies jeunes filles. Plus elles sont jeunes, et plus il aime. Bientôt Tamara sera trop âgée pour lui. Elle verra comment se passe la soirée et n'exclut pas de demander au Chinois la voiture. Ça dépendra de comment elle le sentira, et s'il a l'air content ou pas. Elle en a assez de prendre le bus, ou de demander à ses amants de la déposer un peu avant chez ses parents quand ils la ramènent. Elle voudrait son propre véhicule. Circuler quand bon lui semble, aller où elle le souhaite. Elle se sentirait plus indépendante, importante aussi. Plus elle y pense, et plus elle en a envie. C'est décidé, elle le demandera ce soir. Elle mettra sa nouvelle robe, se fera belle, sourira de toutes ses dents. Elle écartera les cuisses au restaurant, un peu, un peu seulement, pour dévoiler les promesses de la nuit à venir. Il faudra qu'elle soit à la hauteur. Elle se fait confiance : elle assouvit toujours leurs désirs, assume leurs envies, étanche leur plaisir. Elle se voit déjà derrière le volant. Ce serait chouette. Pour la marque, elle ne sera pas trop difficile. Une Mini Cooper, ce serait bien. Elle voudrait surtout une jolie voiture, qui brille au soleil, brille dans la nuit. Le Chinois n'est pas toujours facile à contenter, il a des idées bizarres, parfois. Elle fermera les yeux et se concentrera très fort sur la Mini. Ça passera vite.

Demain, elle ne fera rien, ne verra personne. Il faut qu'elle se repose aussi. C'est fatigant tous ces hommes.

Après-demain, elle déjeune chez un autre de ses amants. Ils se voient toujours chez lui, jamais dehors. Celui-là, ce n'est pas son préféré. Il n'est pas très beau, il ne parle pas beaucoup, mais il paie bien. Pas de cadeaux avec lui, juste du cash. Cela convient bien à Tamara. Des sous pour faire tout ce qu'elle veut. Pour le moment, elle ne sait pas exactement ce qu'elle fera de cet argent, mais elle entasse le fric. Au début, elle le mettait dans une petite boîte en bois qu'elle cachait sous son lit. Et puis il y a eu de plus en plus de billets, la boîte ne suffisait plus. Sur les conseils d'un de ses amants qui travaille en banque, elle a ouvert un compte. Elle met tout son argent dessus, à présent.

Parfois, quand elle rêve, Tamara se dit qu'un jour, elle ouvrira une école de danse et dirigera une troupe. Elle a plein d'idées pour les chorégraphies. Des bribes de mouvements qui s'enchaînent, forment des chorégraphies tout entières dans son esprit, deviennent des histoires qui attendent d'être dansées pour être racontées.

Elle a des idées pour les costumes, aussi. Les filles seraient en short. Short de surf ou en jean. Des shorts très courts, qui laisseraient voir la naissance des fesses. Les hommes, torses nus et en jean. L'alliance de la modernité et de la tradition, c'est l'Avenir pour Tamara.

Elle les imagine bien, ses petites danseuses. Elle les imagine bouger au son des *tō'ere*. Tam tam tam. Elle voit ça d'ici et elle sourit. Pour les hommes, il faudrait des jeans moulants, tendus sur la peau des cuisses, sur les fesses musclées, sur les mollets durs. C'est sûr, elle ferait fureur avec ses traditions modernisées.

Quand elle répète ses cours de danse, elle observe beaucoup la femme qui les entraîne pour les spectacles. Elle envie son autorité et son aisance. Elle voudrait être à sa place.

Un jour. Un jour, peut-être.

Vendredi, elle revoit son amant presque officiel. Ils dîneront probablement dehors. Il voudra l'emmener au *Coco's*. Ce que préfère Tamara, ce sont les roulottes. Celles qui sont ramassées sur le port, face à la mer, et qui vibrent de gaîté. Elle s'y sent bien, l'ambiance est chaleureuse et familiale. Elle y va depuis qu'elle est toute petite, surtout pour manger le dimanche soir en famille.

Il arrive que son amant accepte d'aller aux roulottes. Ils mangent une crêpe à la Boule rouge. Ce sont les meilleures. Elle prend rarement des salées, elle commande généralement une nutella-banane-chantilly. En la mangeant, elle se dit souvent qu'il faut qu'elle fasse attention à son poids. Son corps, c'est sa vie, son gagne-pain. Mais ça va, elle a de la marge. Et puis à la limite, quelques rondeurs, c'est joli.

Et après le dîner, ils iront danser. Toute la nuit. Il le lui a promis. Ensuite ils finiront chez lui. Peut-être qu'elle y passera le week-end ? Ce serait bien. Tout un week-end dans cette grande maison, avec cet amant qu'elle aime bien.

Et s'ils passent le week-end ensemble, que lui offrira-t-il ? Un toit ? Elle aimerait vraiment bien qu'il lui propose de s'installer chez lui. Ça la reposerait. Pas forcément pour la vie, mais pour un moment.

Elle ne connaît pas grand-chose de son passé. Il a beaucoup vécu, ça, c'est sûr. C'est un bel homme, il plaît aux femmes autant qu'il les aime. Il en voit sûrement d'autres qu'elle et Tamara s'en moque, elle n'est pas jalouse. Il a été marié, deux fois, et il a eu des enfants. Il ne parle pas de son passé, ni d'un futur.

Ensemble, ils passent du bon temps et ça leur va bien. Et ils se voient de plus en plus, c'est un fait. La semaine dernière par exemple, ils se sont vus trois fois. Celle d'avant, quasiment un jour sur deux. Bientôt, c'est sûr, elle n'aura plus assez de temps pour les autres.

Ils pourront aller danser plus souvent. Il aime peu ça et s'y plie surtout pour faire plaisir à Tamara. Elle pourra toujours y aller toute seule, sinon, et puis revenir chez lui après. Peut-être qu'elle lui parlera de son rêve de diriger une troupe. Il lèvera le nez de son livre ou de son journal, l'écoutera, voire même l'encouragera. Et s'il n'en fait rien, ce n'est pas grave. Elle n'a pas besoin de ça, Tamara. Juste de danser.

Moi, j'ai un secret. Mais il est pas beau, il est même plutôt moche. Il me donne envie de pleurer souvent.

Je l'ai partagé avec ma copine Hina. Je croyais qu'elle allait m'aider, qu'on trouverait une solution toutes les deux. Eh ben non. J'ai juste appris que Hina, elle a le même secret que moi.

D'un côté je me suis sentie moins seule. Et d'un autre côté, ça m'a rendue encore plus triste.

Mon secret, c'est que j'aime plus le matin. Alors qu'avant, c'était mon moment préféré de la journée. Je pouvais rester au lit, enroulée dans mon *tifaifai*, je pensais à plein de trucs. Dans ma tête ça tournait comme les manèges où j'allais quand j'étais petite. Je pensais à mes amies, à l'école. J'imaginais ce que je ferais plus tard. J'aimerais bien travailler avec les animaux. Ou sur un bateau. Je dis rien à ma famille, je suis sûre qu'on se moquerait de moi. Parfois aussi, je pense à Sam. Je me fais des films. J'imagine qu'il vient me parler dans la cour de récré, qu'il m'invite à une soirée. J'ai plein de films différents à propos de lui. À la fin, on s'embrasse et il me dit qu'il m'aime. Dans la vraie vie, Sam et moi on est juste dans la même classe et parfois on se dit bonjour. Ça lui arrive aussi de me demander s'il peut recopier mes exercices d'anglais. Je réponds toujours oui et mon cœur bat très vite. S'il me sourit, la lumière du jour change et je me sens toute légère et heureuse. Et je me sens belle aussi, alors que sinon, j'aime pas trop mes cheveux, ils sont trop crépus, ni mon nez, je le trouve trop écrasé.

À côté de mon lit, il y a une table de nuit où je range des bonbons. Si j'en ai, j'ai envie de les avaler tous d'un coup, mais en général, j'en prends juste un ou deux et ensuite je les mets dans ce meuble. Puis je lutte contre l'envie de les manger, je fais durer le plaisir. Un jour, j'avais mis là un paquet de cigarettes en chocolat. C'était très dur de résister. Je voulais les garder pour plus tard. Et puis je les ai oubliées. Elles ont fini par pourrir et ça m'a rendu triste. Je me suis promis de manger mes bonbons tout de suite à l'avenir, sinon c'est trop bête.

Une fois que j'avais bien traîné au lit, je me levais. Tout était calme dans la maison, tout le monde dormait. J'allais dehors, dans la cour, sans faire de bruit. J'écoutais les oiseaux, je lançais des bouts de pain aux poules, je chassais les chiens errants. Elle est belle, mon île, quand elle dort, quand elle sait pas qu'on la regarde. Après, c'est plus pareil, elle fait un peu sa *fa'a'oru*, je trouve, elle fait sa fière, avec toutes ses fleurs qui s'ouvrent, les couleurs avec lesquelles elle s'habille, les gens qui s'agitent, on dirait des fourmis.

Ensuite, je rentrais dans la maison, je mettais de l'eau à chauffer et je me faisais un bol de Milo. J'adore ce chocolat en poudre.

Souvent, maman se levait à ce moment-là et c'était chouette, je l'avais rien que pour moi. Le reste du temps, je dois la partager avec mes petits frères. On s'asseyait toutes les deux dans la cuisine, elle buvait son café et moi mon Milo. Elle me regardait et je me sentais exister. J'avais envie très fort qu'elle me prenne dans ses bras, qu'elle m'embrasse, qu'elle me dise quelque chose de gentil. Mon cœur, c'était comme un oiseau affolé qui battait des ailes dans une cage. Mais il ne se passait jamais rien. Tout ça, c'est pas son genre, à ma maman, elle parle pas beaucoup, elle fait pas de câlins. Je sais pas pourquoi. Parfois, je me demande si elle m'aime. C'est pas parce que c'est ma mère qu'elle doit m'aimer. Je sais pas si je suis claire. Je crois qu'elle m'aime quand même, mais qu'elle est trop fatiguée pour le dire ou le montrer. Elle travaille beaucoup.

Maintenant, elle se lève avant moi, pour aller en ville faire des ménages. C'est pour ça aussi que j'aime plus le matin. Elle est pas là pour me protéger, elle dit rien, elle voit rien. Et moi je peux pas lui raconter.

Le soir, elle rentre tard. Elle nous crie dessus, s'énerve vite, nous rosse si on fait des bêtises. Moi, je suis sage, ça va, je prends pas trop de coups. Mais mes frères, c'est des terreurs. Ils ont souvent des bleus. Après, c'est compliqué, il faut mentir à l'école, dire je suis tombé. Les maîtresses, elles les regardent bizarrement, comme si elles les croyaient pas, mais qu'elles savaient pas trop quoi faire. Alors, elles non plus, elles disent rien.

Mon père aussi, il tape mes frères. Moi non. Pour moi, c'est différent. Papa, on le voit plus que maman, il reste beaucoup à la maison. Il travaille pas en ce moment, il s'est fait virer de son boulot de jardinier. Parfois, j'ai l'impression que j'ai perdu mon papa, il s'est noyé dans une canette de Hinano. Il aime trop la bière. Je déteste quand il boit, il sent mauvais et ses yeux sont tout rouges, et je comprends rien à ce qu'il dit. Il a pas toujours été comme ça. Lorsque j'étais petite, il me faisait toucher le ciel en me portant très haut. Je volais dans ses bras en riant. À cette époque, c'était vraiment mon papa. Je le regardais et c'était le roi.

Ce qui me rend vraiment triste, c'est que la fille qui aimait le matin, qui se levait pour vivre plein de trucs avant l'école, pour avoir plein de journées en une seule, et bien on dirait qu'elle existe plus. On dirait qu'elle est morte et il y a que moi qui le sais et je pleure.

Le soir, j'ai mal au ventre à l'idée du matin qui arrive. Alors je garde les yeux bien ouverts, j'essaie de pas dormir. Si je dors pas, il y aura pas de nuit, donc pas de matin. Mais je finis toujours par m'endormir, épuisée. Et je dors mal.

J'entends maman partir alors qu'il fait encore nuit, que le jour est même pas complètement levé. Pourtant, elle fait presque pas de bruit. Mais c'est toujours comme ça, je sais qu'elle s'en va. Et après, j'entends plus que mon cœur et je me dis qu'il fait un tel boucan que tout le monde doit l'entendre, toute la maison, tout le quartier. Et ça va réveiller les gens et tout ira bien.

Mais non, ça fait jamais ça. Y'a que dans ma tête, dans mes tempes, dans mes tympans, que mon cœur cogne.

Il bat fort, mais ça m'empêche pas d'entendre papa se glisser dans mon lit. Je garde les yeux fermés, je fais semblant de dormir, comme ça je peux presque me dire que c'est pas vrai, et qu'après, le cauchemar sera terminé.

Au début, il rentrait juste dans ma chambre, je l'épiais à travers mes paupières entrouvertes, il me regardait dormir. Là j'aimais bien, j'imaginais qu'il débordait d'amour pour moi et que c'était pour ça qu'il venait me voir dans mon sommeil, qu'il veillait sur moi. Après, parfois, il s'est allongé à côté de moi. Il respirait bizarrement et je sentais son bras qui bougeait. Je savais pas vraiment pourquoi, mais ça me dérangeait pas trop. Enfin, ça me mettait quand même un peu mal à l'aise.

Et puis un jour… la fille qui aimait le matin a disparu. Je l'aperçois parfois, quand je suis encore dans mon lit et que papa est sur moi, je fixe le plafond et elle me regarde d'en haut, elle vole. Je la suis des yeux pour pas penser comme j'ai honte et comme je voudrais que ça s'arrête.

Quand il a fini, papa passe une main sur ma tête, se rhabille et s'en va. Sur le pas de la porte de ma chambre, il me dit d'aller réveiller mes frères et qu'il faut qu'on se prépare pour l'école.

Moi, je réponds rien, je serre les jambes tellement j'ai mal. Je le hais et, en même temps, je voudrais qu'il redevienne mon père, celui d'avant. Qu'il me laisse aimer à nouveau le matin.

Je me lève vite, maintenant, je supporte plus de rester au lit. Je réveille les petits, je les aide à prendre le petit-déjeuner. On prépare nos cartables et mes frères chahutent. S'ils font trop de bruit, papa supporte pas, il en attrape un et le tape. Ça les calme. On décolle vite ensuite, personne veut se faire cogner à nouveau.

On va attendre le bus et je regarde les voitures passer et je rêve d'être dans l'une d'entre elles. J'aurais une jolie maman qui m'emmènerait avec elle. Fenêtres ouvertes, il y aurait plein de vent. Ou alors fenêtres fermées, avec la clim à fond. On serait comme des copines et je pourrais lui dire.

À l'école, j'oublie ce qui se passe à la maison, je pense plus au matin. Je retrouve mes copines devant la grille et c'est trop cool. J'ai laissé les petits à l'école primaire à côté et je suis juste moi, Merehau. Je discute avec mes amies et on rit fort pour montrer qu'on existe.

Dans la journée, parfois, j'ai du mal à me concentrer, à suivre les cours. La fille d'avant, la reine du matin, elle vient dans ma tête. Elle me parle et du coup j'entends plus les profs. Elle me dit que c'est génial, la vie là-haut, qu'elle est comme un oiseau, elle est libre, elle va où elle veut, elle regarde tout de loin et c'est merveilleux. Elle me dit souvent de la rejoindre. Je lui réponds de se barrer, qu'elle m'empêche d'écouter. Elle s'en va en rigolant.

Si je comprends rien, je suis *fiu* des cours, j'en ai marre. Heureusement, il y a les récréations. Et parfois, on sèche la cantine pour aller s'acheter un sandwich hachis-frites sauce roquefort et le manger sur les rochers, près de la mer, avec les filles. C'est chouette. Je regarde les bateaux et je me dis qu'un jour, j'en aurai un. Je serai la chef à bord, je ferai tout ce que je veux.

L'après-midi, souvent, je suis fatiguée, mes yeux se ferment en cours. Si je dormais mieux la nuit, ça irait mieux la journée.

Et lorsque la cloche sonne, que c'est la fin de l'école, tout le monde est content, on dirait. Sauf moi. J'ai la boule au ventre de rentrer à la maison.

Je vais chercher mes petits frères. On traîne un peu place Vaiete, ils aiment bien venir là.

On rentre toujours avant la tombée de la nuit, en *truck,* sinon on se fait rosser. Parfois, on attend longtemps le bus.

Un jour, j'avais pas assez de sous pour payer le bus de tout le monde. Le chauffeur m'a dit c'est pas grave et il a souri. C'est rare que les adultes soient gentils je trouve. Ça m'a fait tout drôle, j'ai eu envie de pleurer et je suis partie sans dire merci parce que j'aurais eu l'air trop bête avec mes larmes. Après je m'en voulais, et puis j'ai pensé je lui dirai merci quand je le reverrai.

J'ai déjà eu envie de raconter à la prof de français, pour le matin. Je l'aime beaucoup. Elle connaît bien ma mère, elles viennent de la même île, Anaa. Elles allaient à l'école ensemble. Ça me fait bizarre de les imaginer petites filles.

Madame Hootana, elle est gentille, mais il faut pas l'embêter. S'il y en a qui font les idiots en classe, elle les punit.

À la récré, elle vend des beignets dans la cour avec d'autres profs. Il lui est déjà arrivé de m'en donner un à la fin, alors que j'avais pas de pièce de cent francs pour l'acheter. Je l'ai pris et j'ai tout mangé, c'était bon. Sur ma langue, je sentais les grains de sucre qui crissaient.

Madame Hootana, elle a un regard très doux et quand elle voit que je comprends pas en cours, elle reprend, et tout me semble plus clair. Parfois, ses yeux s'arrêtent sur moi, longtemps, et elle devient pensive. On dirait qu'elle voit à travers moi, qu'elle voit tout en moi. Elle détourne jamais les yeux, comme si ce qu'il y avait en moi, c'était pas ma faute, comme si je devais pas avoir honte. Enfin, c'est l'impression que ça me donne et je voudrais qu'elle s'arrête jamais de poser les yeux sur moi. Peut-être que si j'allais la voir et que je lui disais tout, elle me sauverait.

Parfois, aussi, je pense à ma grande sœur Miri. Je sais pas exactement où elle habite, je sais juste que c'est à Mahina. Personne n'en parle plus dans la famille, on n'a pas le droit, sinon papa il devient fou et il casse tout.

Elle est partie alors qu'elle avait seize ans, elle était enceinte. Maman l'a chassée en voyant son ventre qui s'arrondissait. Miri est partie vivre chez son copain.

Elle me manque tout le temps. Elle était pas toujours gentille avec moi, mais elle me prêtait ses habits et elle me maquillait. Et même s'il lui arrivait de me taper lorsque je l'embêtais, souvent, le soir, pour me dire bonne nuit, elle me serrait fort contre elle. Elle disait qu'un jour, toutes les deux, on se casserait. Elle disait ça son front appuyé contre le mien et dans son sourire je voyais une vie meilleure. Je passais mes bras autour de son cou et je voulais plus la lâcher. On riait comme des folles. Eh ben, elle est partie. Sans moi. Avec son gros ventre et en gueulant que de toute façon elle voulait pas rester dans cette maison de tarés. Elle avait bien raison. Je crois qu'elle a eu un petit garçon, j'ai entendu les voisines le dire. Il doit avoir trois ans aujourd'hui.

Un jour, j'irai la voir. Je prendrai le *truck* jusqu'à Mahina et je la chercherai partout avec sa photo. Peut-être qu'elle voudra bien me garder avec elle, si je lui dis pour mon secret.

Aujourd'hui, c'est mon anniversaire, j'ai treize ans. Papa a trop bu hier, il ronflait encore dans le salon à mon réveil. J'ai pensé que c'était mon cadeau d'anniversaire. J'avais très mal au ventre et quand je suis allée aux toilettes, j'ai vu du sang dans ma culotte. Je sais ce que ça veut dire, j'ai des copines qui ont eu leurs règles. Elles étaient contentes, elles faisaient les fières, elles disaient qu'elles étaient des *femmes*. Moi, j'ai peur. Je sais que, maintenant, je peux avoir un enfant. Et je veux pas tomber enceinte de papa.

J'ai treize ans, j'ai mes règles et je vais me suicider. Voilà ce que je me dis en me regardant dans le miroir de la salle de bain aux murs abîmés et en pleurant. J'entends la voix de celle qui aime le matin, elle fait des loopings au plafond. Elle me dit qu'elle m'attend là-haut, ça serait bien de faire à nouveau qu'une.

Je me calme, respire un grand coup. Je sèche mes larmes et vais réveiller les petits.

Tout se passe comme d'habitude, le Milo, les céréales, le cartable à préparer. On fait attention à pas réveiller papa.

À l'école, je dis à Hina pour mes règles. Elle me fixe gravement. Ça fait trois mois qu'elle les a et elle aussi, elle a peur que son oncle la mette enceinte. Pour le moment, il y a pas de bébé dans son ventre.

Je lui dis que je vais me tuer et elle a les larmes aux yeux. Elle me supplie de pas le faire, elle me dit que si je fais ça, elle aussi elle se tuera.

Les autres filles nous rejoignent. C'est bizarre, j'étais toute sombre avec mon ventre noué et mes sanglots dans la gorge, mais maintenant qu'on est toutes ensemble, on dirait que ça va mieux. Je dis aux filles que ça y'est, moi aussi je suis une femme et elles sont surexcitées. Et moi aussi, un peu quand même.

On rit et on secoue nos cheveux alors que Sam et sa bande s'approchent. Il me regarde et je rougis.

Ils continuent leur chemin sans rien dire et Sam se retourne et me sourit. Ça me remplit de joie.

En cours, j'arrive pas à me concentrer de toute la journée. À un moment, la prof de français a dit un truc bizarre en me regardant. Elle a dit il faut jamais renoncer. C'est dingue, parfois, c'est comme si elle lisait en moi. Je sais pas pourquoi elle a dit ça, j'écoutais pas avant.

Elle m'a fixée longtemps ensuite, avec beaucoup d'énergie dans ses yeux. Comme si elle voulait me transmettre un message important.

L'après-midi, on a sport, mais le prof est malade. Avec mes copines, on est trop contentes. On passe par le fond de la cour pour sortir en douce du collège. On marche le long de la mer et on se pavane en se disant qu'on est les plus belles. On marche pas longtemps, par contre, c'est pas possible avec cette chaleur. Quand est-ce qu'il pleuvra enfin dans ce pays ? On prend un coca et je ferme les yeux en buvant. Ça pique, c'est bon, c'est frais.

Je les rouvre, les filles se sont un peu éloignées et je vois Sam, il est sans ses amis. Il s'approche de moi et me tend un petit paquet.

— Tiens Merehau, c'est pour ton anniversaire.

Mon prénom est beau et doux dans sa bouche. Il insiste sur le M et j'ai l'impression de lui appartenir. Mes mains tremblent en prenant le cadeau. Dedans, il y a un collier avec un pendentif en forme d'étoile.

— Merci.

Mon cœur bat vraiment très fort.

— Tu veux que je te l'attache ?

— Oui, je veux bien.

Je sens sa respiration sur ma nuque et ses doigts sur ma peau et j'aimerais que ce moment dure toujours.

— Voilà. Il te va bien, il me dit en me regardant.

Je souris. Je sais plus quoi dire, je suis gênée et je suis la fille la plus heureuse du monde en même temps. Je me sauve en riant pour retrouver mes copines, en lui faisant un signe de la main.

Après, on retourne au collège, on a une heure d'histoire-géographie. J'écoute rien, je caresse mon collier.

La cloche qui sonne me fait sursauter. En quittant l'école, Hina m'attrape et me dit de pas faire de bêtises. Je me dégage en haussant les épaules et pars chercher mes frères.

Dans le bus du retour, je pense à ma grande sœur. Pour la première fois, je mets des mots sur un truc qui m'embête depuis longtemps : c'est qui le père de son bébé ? Est-ce que c'est papa ? J'ai envie de vomir rien que d'y penser et j'ai du chagrin et de la pitié pour elle. Ça m'a toujours semblé injuste qu'on la foute dehors, mais aujourd'hui, alors que je me demande qui est le père, c'est pire.

Il y a personne à la maison et avec mes frères on se gave pour le goûter, du pain avec du Nutella, c'est trop bon.

En faisant mes devoirs, toute seule à table, pendant que les petits jouent, je pense à ma journée. Ça a été une belle journée. Trop belle pour mourir. Je me dis que j'ai que treize ans, je veux revoir mes copines, je veux pas que Hina meure à cause de moi, je suis amoureuse de Sam, je veux retrouver Miri et connaître mon neveu. Je pense à ce qu'a dit la prof de français. Et je continue à penser à tout ça en préparant le repas, en attendant que maman rentre. Ce soir on mange de la viande que je découpe avec le grand couteau.

Mais je veux pas, je veux pas tomber enceinte de papa. Je veux pas qu'il continue à venir dans ma chambre. Je veux redevenir la fille qui aimait le matin.

On dîne tous ensemble et au dessert il y a le gâteau que maman a acheté. J'ai été heureuse qu'elle ne m'oublie pas. Elle m'offre même une robe. Ma première robe neuve. Avant j'avais toujours celles de Miri. J'embrasse maman pour la remercier. Elle nous laisse veiller un peu parce que c'est la fête.

Je vais me coucher. Dans mon lit, contre ma cuisse, la lame du long couteau que j'ai gardé. Tranchant. Treize ans, c'est pas un bon âge pour mourir. Il sera pas pour moi, le couteau, finalement.

Ce matin, j'ai vu un tableau de Gauguin en me baladant place Vaiete. J'aime bien cet endroit, il a beaucoup de charme. Avec son sol carrelé et la verdure qui éclate partout. Comme si, quoi qu'on fasse, la nature devait toujours reprendre ses droits.

En haut de la place, il y a ce kiosque blanc qui est toujours plein d'enfants. Les gosses, ça se voit, ils s'en donnent à cœur joie dans ce truc-là. Ils courent, ils se cachent, ils sautent les marches. Ils me font trop marrer à jouer autant dans ce kiosque. Souvent, je m'assois sur un banc et je les regarde. Sans blague, je peux y passer des heures. Je me dis que si un jour j'ai un enfant, je l'emmènerai là. Et il s'amusera tout seul ou avec les autres enfants, ou alors je jouerai avec lui. Ou avec elle. Et on rigolera bien. Parfois, j'imagine une petite fille avec des bouclettes qui rebondissent, des joues roses de plaisir et du rire plein les yeux. Je me la figure avec cette démarche particulière des bébés, quand ils commencent tout juste à marcher. À chaque fois, quand je les regarde, je trouve ça émouvant, ce pas mal assuré et plein de bonne volonté. Je sais pas pourquoi j'ai cette image de petite fille avec une robe bleue légère et qui irait pieds nus. Je dis ça, mais un petit garçon aussi, ce serait très bien. Un petit mec tout mignon que je mangerais de baisers et qui s'échapperait pour aller jouer.

Place Vaiete. *Tahua* Vaiete.

J'avais commencé ma journée avec un café tout en parcourant *La Dépêche* pour me tenir au courant de l'actualité locale. Puis j'avais payé et j'étais partie. Je marchais lentement, sans but précis.

C'est là que j'ai vu le tableau de Gauguin. Je vous jure. C'était à la fois magnifique et troublant.

Elles étaient quatre, posées par terre, dans leurs robes de missionnaire. Leurs robes colorées qui se répandaient autour d'elles et le soleil qui se perdait dans les plis des tissus. Un tableau, je vous dis. Il y en avait une avec une longue natte qui descendait jusqu'à ses reins, à toucher le sol. La tresse passait dans le cou sur le côté et faisait une légère ombre sur le sein droit. Une autre avec un chignon lourd et épais qui tombait sur la nuque, piqué d'une fleur de frangipanier. Les deux autres avaient les cheveux lâchés, c'était beau, ça ruis-selait dans leur dos. L'une — celle tout à gauche — avait un hibiscus rouge glissé derrière l'oreille.

Elles ne se parlaient pas entre elles, j'avais l'im-pression de surprendre une scène presque intime. Elles paraissaient sereines et un rien nonchalantes. Indolentes compagnes de voyage.

Je me suis arrêtée pour les observer, discrètement. Sans négliger ma lutte incessante contre le soleil, mais l'ombre est rare place Vaiete. Ma vie pour de la pluie.

Je suis pas très musée, mais les rares fois où je suis passée à Paris, je suis allée au musée du quai d'Or-say pour admirer les toiles de Gauguin. J'ai étudié au lycée qui porte son nom à Papeete, mais alors je ne connaissais pas grand-chose de sa vie et rien de ses toiles. C'est plus tard que je les ai découvertes et aimées. Je peux passer des heures à les regarder. Le temps se suspend et je plonge dans une Polynésie inconnue, disparue bien avant ma naissance. Quand je regarde ces tableaux, je suis comme prise de mélancolie et de joie pour ce pays que je n'ai pas connu.

À l'ombre bienfaisante d'un flamboyant, j'ai détaillé le visage de ces quatre femmes. Celle avec les cheveux tressés, la plus à droite, devait aussi être la plus âgée. Sa figure, telle une carte de l'Océanie, était traversée de sillons. C'est beau, je trouve, le visage d'une femme qui a vécu. À côté d'elle se trouvait une des deux aux cheveux détachés, avec des yeux fendus et des pommettes hautes. Un léger sourire aux lèvres. C'est sûr, elle avait un secret qui la rendait heureuse. Tout près d'elle, presque à se toucher l'épaule, celle avec le chignon. Restait la plus jeune, à peine en retrait, avec sa tache rouge à l'oreille qui ombrait son visage cuivré. Des cils tellement longs qu'ils semblaient danser sur ses joues.

Il y en avait une seule avec des savates, les autres étaient pieds nus. Leurs pieds comme des nacres rosées quelque peu abîmées.

Elles avaient toutes la tête légèrement penchée vers l'avant, les mains qui se rejoignaient religieusement sur les genoux ou les cuisses.

Entre leurs mains, un Smartphone. Sous mes yeux étonnés, un tableau des temps modernes. Elles avaient l'air si concentrées, si absorbées. Elles étaient là, place Vaiete, et en même temps, elles étaient ailleurs, happée par leur monde virtuel. Imperceptible mouvement des doigts sur le clavier.

Il passe devant la chambre de sa mère lorsqu'il entend des murmures étouffés. Il s'arrête, écoute. Avec qui peut-elle parler ? Elle est seule dans sa chambre. Elle est seule dans sa vie depuis que son homme est parti. Et elle en perd la tête, le sommeil, l'appétit. Elle en perd le goût de vivre…

Aaron le voit bien, ainsi que son petit frère. Ils ont beau être là, ils ne suffisent pas.

L'oreille collée contre la porte, il perçoit les sanglots étouffés. « Oui s'il vous plaît, venez me chercher demain, vers 9 h. Je me tiendrai prête. Merci ». Et puis le silence. Ce silence qui l'angoisse beaucoup ces derniers mois. Il a toujours peur qu'elle finisse par se flinguer. Alors, parfois, même s'il n'a rien de spécial à dire, il toque à la porte, juste pour vérifier que tout va bien. Juste pour vérifier que sa mère est en vie, qu'elle ne se balade pas au bout d'une corde, qu'elle ne baigne pas dans une mare de sang, qu'elle n'a pas sauté par la fenêtre. Son imagination n'est jamais en rade de ce côté-là. Il lui arrive de se cogner la tête contre les murs de la maison pour ne plus visualiser le corps de sa mère qui se balance au bout d'un fil.

Il n'entend toujours rien, hésite à passer une tête, demander si ça va… Il sait que ça ne servira probablement à rien. Mais il le fait quand même. Et si cette fois, c'était la bonne ? Enfin la bonne… Il se ferait presque sourire.

— Salut m'man ! Tu as besoin de quelque chose ?

— Non merci, mon grand, ça va.

— Je t'apporte de quoi dîner ?

— C'est gentil, mais non, j'ai pas très faim.

— OK, bonne nuit.

Il a dit ça par habitude. Il sait qu'elle ne dort plus depuis longtemps. Que les cachets ne l'aident pas et que ses nuits sont blanches.

Dans la cuisine, il retrouve son frère. Aaron fait des pâtes, un énorme plat de pâtes que Milo arrose d'huile d'olive et de fromage râpé. Ils ne sont pas spécialement bons cuisiniers, mais ils ont les bases.

Il arrive à Aaron de repenser aux *māa'a Tahiti* que sa mère préparait avant, de véritables repas de fête, et l'eau lui vient à la bouche. Avant, quand leur père était encore là et que leur mère souriait, se levait sans difficulté, se faisait belle. Quand leur mère n'était pas le pâle reflet d'elle-même. Avant…

Il se souvient du poisson cru dans lequel sa mère mettait beaucoup de gingembre. Trop, à son goût, mais il s'en fichait, sa mère riait, en arrosait le plat, elle aimait tellement ça. Il y avait du poulet *fāfā*, du taro, des patates douces, du *poe* banane, ce dessert fait d'amidon dont il raffole… Et les grandes tablées, la famille de son père qui descendait de Papara pour venir manger chez eux. Il se souvient des cousins qui les traitaient de blancs-blancs et des baffes qui s'ensuivaient. OK, Aaron et son frère sont blancs-blancs, mais à moitié seulement. C'était il y a bien longtemps, avant que leur père ne déserte la maison pour retourner sur son île natale, à Huahine.

Aaron et Milo le voient parfois, au cours des vacances scolaires. Ils ne parlent pas de leur mère. À quoi bon ? Pour leur père, c'est de l'histoire ancienne. Et ils ne sont pas sûrs que leur mère apprécierait. Avec leur père ils ont appris à pêcher, à couper des noix de coco, à manœuvrer un bateau. Les torses durcissent, la peau exposée au soleil brunit, les corps s'affinent. Et les sourires luisent. Leur père vit seul, mais ils se doutent qu'il a souvent de la compagnie, il a toujours beaucoup plu. Ils espèrent avoir autant de succès que lui plus tard.

Parfois Aaron se demande quelle serait leur vie aujourd'hui, si leur père n'était pas parti. Quand il y songe, il secoue vite la tête, s'occupe, passe à autre chose. Ça ne sert à rien d'y penser.

Un jour, alors que leur mère dérivait après le naufrage de son mariage, elle a rencontré un type bien. Elle a semblé revivre avec lui. À nouveau, elle souriait, faisait à manger. À nouveau, elle sortait au bras de son homme, s'étourdissait, s'occupait de ses fils.

Et puis le beau-père est parti. Lui aussi. À croire qu'elle les fait fuir. Depuis qu'il a foutu le camp, c'est la dégringolade. Leur mère chute chaque jour un peu plus et les garçons y assistent, impuissants.

Aaron et Milo dévorent leur plat de pâtes en regardant un épisode de *Game of thrones*. À seize et douze ans, ils ont des appétits d'ogre.

Quand ils sont devant leurs séries ou leurs jeux vidéo, ils oublient le reste. La maison dégueulasse, les factures qui s'entassent dans l'entrée, en attente d'être réglées, le frigo pas assez rempli et les sanglots maternels qui peuplent leur quotidien.

Ils se sont endormis sur le canapé, devant l'écran de l'ordinateur allumé. Leur mère, venue se faire un thé, les observe depuis la cuisine. Oh ! comme elle aimerait. Comme elle aimerait à nouveau ! Être sur pied, s'occuper de ses fils. Les deux hommes de sa vie, les seuls hommes de sa vie. Comme elle aimerait à nouveau être pour eux celle d'avant, tenir la barre et diriger d'une main sûre le navire vers la terre promise. Mais elle n'y arrive plus.

Elle sent que là, aujourd'hui précisément, elle est arrivée au bout. Au bout de ce qu'elle peut endurer, au bout de ce dont elle est capable. Au bout d'elle-même.

Elle s'approche du canapé. Doucement, doucement. Comme ils sont beaux ses petits métis. Ils dorment la bouche ouverte, bras écartés. Doucement, doucement, elle les recouvre d'une couverture. C'est le mieux qu'elle puisse faire, c'est tout ce qu'elle peut faire. Elle retourne se coucher. Doucement, doucement, sur la pointe des pieds, en buvant son thé. Elle ne veut pas les réveiller.

— Allez, debout, *ma'au* ! souffle Aaron dans l'oreille de Milo.

— Hey, me traite pas d'idiot ! C'est celui qui le dit qui l'est ! réplique Milo qui sort de son sommeil énervé.

— Mais je rigole, pas la peine de t'exciter ! Allez, viens, on va lancer le petit-déj', j'ai la dalle.

Milo saute sur ses pieds, lui aussi a soudainement faim.

Il y a du pain au congélateur qu'ils font griller, des œufs au frigo qu'ils font brouillés, du café qu'ils préparent. On ne sait jamais, l'odeur pourrait faire venir leur mère. Ils chahutent en commençant à manger.

Des bruits de pas dans les escaliers. Ils se regardent. Au moins, elle s'est levée ce matin.

Elle arrive dans la cuisine, si jolie et si fluette dans sa robe blanche. Leur petite maman. Les yeux des garçons s'arrêtent sur le sac qu'elle tient au bout de son bras. Ils le connaissent ce sac. Elle l'a déjà utilisé pour se rendre à l'hôpital.

C'est Milo qui pose la question. Milo le spontané.

— Où tu vas, maman ?

— À l'hôpital, mon chéri.

— Pourquoi ?

Coup de coude d'Aaron dans les côtes de Milo.

— Mais arrête, Aaron !

Charlotte sourit, fatiguée et attendrie.

— Laisse ton frère, Aaron, il a bien le droit de poser des questions.

Charlotte lève les yeux au ciel, réfléchit. C'est difficile, parfois, de répondre aux questions.

— Je vais à l'hôpital parce que je ne me sens pas bien en ce moment, tu as dû t'en rendre compte. Je suis très fatiguée et j'ai besoin d'aide. Et j'espère qu'après, ça ira mieux.

Finalement, ça n'est pas si compliqué de répondre.

— Tu vas à Vaiami, chez les fous ?

Le dernier passage à l'hôpital psychiatrique de Charlotte a laissé des traces dans la cour de récréation de Milo. Et un brin de provocation dans le regard étrange de Charlotte.

— Tout à fait, c'est là où je vais.

— T'es folle ?

Elle a envie de répondre oui, Charlotte. Oui, je suis folle à lier, folle à en crever. Timbrée, siphonnée, dingue. Oui, je craque. Je baisse le rideau. Je m'allonge sur le dos et je ne me relèverai pas. Basta. Terminado. Elle s'oblige à ne pas répondre de suite, tourne sa langue dans sa bouche. Jusqu'à trois. On va dire que c'est suffisant pour ne pas dire trop de conneries.

— Disons qu'en ce moment, c'est très difficile pour moi, et je ne vais pas y arriver toute seule.

— Et là-bas, ils pourront t'aider, vraiment ? Hargneuse, la voix d'Aaron.

Il a en tête les visites qu'ils ont faites à leur mère lors de ses précédents séjours. Les locaux délabrés, les plafonds blancs. Ce désespoir terrible qui étreint dès qu'on passe la grande porte d'entrée. La honte, aussi, qu'il feint de ne pas ressentir quand il entre dans le parc. Et la crainte que quelqu'un du lycée le surprenne à pénétrer dans l'enceinte des murs de l'hôpital. Mais le pire, le pire pour Aaron, ses poings se crispent rien que d'y penser, c'est toutes les saloperies racontées par sa mère à sa copine Caroline sur les portes des patientes qui ne sont pas fermées la nuit, et les types qui rentrent dans leur chambre pour les toucher. Il n'avait pas fait exprès d'entendre ça, il était passé à portée de voix par hasard. Il n'avait pas réussi à s'enfuir, à se boucher les oreilles, à ne pas écouter. À se protéger. Il avait tout entendu. Il s'était dit que s'il les croisait, il les exploserait. Leur défoncerait la gueule. Et puis, il a des pensées sales aussi. Après tout, si elle y retourne dans cet hôpital, peut-être qu'elle aime bien ça, sa mère, ces mecs qui s'introduisent dans sa chambre en douce la nuit ?

C'est un regard décoloré que Charlotte porte sur son fils aîné. Un regard qui le transperce. Il s'en veut, Aaron, et se demande si elle lit dans ses pensées.

— Alors, tu penses qu'ils pourront t'aider ? reprend-il plus gentiment.

— Je ne sais pas, mon chéri, mais il faut que j'essaie. Vous comprenez ?

Suppliante la voix de Charlotte.

— Mais oui, bien sûr, on comprend.

Le sourire de Charlotte. Si joli, fragile et gracieux. On dirait qu'elle a de nouveau dix-sept ans. C'est un sourire au moins aussi beau que le mensonge que vient de lui offrir son fils.

Milo se blottit contre sa mère, Aaron dévore ses œufs brouillés au bacon. Et Charlotte essaie de boire son café sans se noyer dedans.

Un coup de klaxon dans le jardin. Le taxi est déjà là. Charlotte sursaute, un peu hagarde, consulte sa montre. 8 h 50. En avance, le chauffeur. Celui de la dernière fois s'était perdu dans la montagne, était arrivé presque en retard. Il faut dire qu'elle est perchée, Charlotte, tout là-haut avec ses fils. Elle avale une dernière gorgée de café, attrape Milo, embrasse Aaron.

Les garçons accompagnent leur maman sur le pas de la porte. Elle grimace pour ne pas pleurer.

— Vous avez le numéro de Caro, en cas de besoin ?

— Oui m'man, on gère, répond Aaron. T'inquiète pas.

— J'ai laissé une enveloppe avec de l'argent dans ma table de nuit.

— OK, ça marche, merci m'man.

Le regard de Charlotte se brouille, ses cheveux tombent dans ses yeux. Ce n'est pas plus mal.

— Allez, dépêche-toi, Cendrillon, ton carrosse t'attend, souffle Aaron.

Charlotte pouffe presque. Souffle un baiser à ses garçons. S'engouffre dans la voiture. Indique la destination au chauffeur. Et que vogue la galère.

Les garçons fixent l'automobile qui s'éloigne en soulevant de la poussière sur la route.

— On regarde la suite de *Game of Thrones* ? propose Aaron sans grand enthousiasme.

— Ouais, répond Milo, guère convaincu, lui non plus.

Ils se vautrent devant l'écran géant du Mac. Et les épisodes défilent. C'est bien, les séries, on croit qu'on a une autre vie. Ils finissent la troisième saison et Aaron en a un peu assez. Il prend l'ordinateur, dégage son frère qui s'en va en boudant. Aaron se vide la tête en surfant sur le net. Milo va taper quelques paniers dehors. Il est quand même content quand son grand frère finit par le rejoindre. Ils jouent l'un contre l'autre, se mesurent. Au bout d'une heure, ils finissent par s'écrouler par terre, cherchant leur respiration.

Pour le déjeuner, Aaron prépare de la viande et des saucisses, il essaie d'allumer le barbecue. Milo tourne autour en poussant des cris de sioux. Son frère s'énerve, il a du mal à démarrer le barbecue, c'est pourtant son domaine. Et finalement, ça prend, la nourriture cuit, embaume, les estomacs crient famine. Les garçons se brûlent, se gavent. Comme c'est bon. Il reste de la glace au chocolat en dessert. Parfait. Ils se traînent sur le canapé pour faire la sieste.

La nuit tombe alors qu'Aaron émerge. Il entend Milo qui fait du skate dans le garage, lui crie de faire moins de bruit. Il se lève tout cotonneux d'avoir trop dormi et va sur Youtube, Facebook, WhatsApp. Il échange quelques messages avec des filles de sa classe. Attend impatiemment une réponse de Lise à qui il a posé des questions sur le contrôle d'anglais de lundi. Il se moque royalement du contrôle, mais pas de Lise. Ses lèvres gourmandes, ses yeux qui pétillent, et ses seins si ronds sous les débardeurs.

Un message WhatsApp allume l'écran de son iPhone. Il l'attrape, voit le nom de Lise qui apparaît, sourit. Elle répond sur l'interrogation d'anglais et il enchaîne :

Elle rajoute un smiley qui souffle des cœurs et Aaron pense qu'avant la fin de l'année, il la niquera.

Pour dîner, Aaron et Milo finissent les restes du barbecue en regardant *Star Wars*. Ce week-end aurait presque des allures de fête. Presque. Ils s'étourdissent à en oublier leur maman chez les tarés.

La dernière fois qu'ils ont rendu visite à leur mère hospitalisée, Milo a confondu un infirmier avec un patient. Le fou-rire d'Aaron et de Charlotte. Et Milo, au milieu d'eux, si heureux de les amuser.

Milo et Aaron s'endorment bercés par le générique. Sur leur canapé, centre de leur vie virtuelle.

Quand ils se lèvent, le soleil est déjà haut. Ils passent une grande partie de la journée dans le jardin, torses nus pour bronzer. Il paraît que ça plaît aux filles. C'est ce qu'Aaron a cru comprendre en les écoutant dans la cour du lycée.

C'est fou comme le temps passe vite à ne rien faire. Un peu de sport et d'Internet, les repas engloutis, et voilà que déjà tombe la nuit. Il faut dire qu'elle tombe tôt en Polynésie.

Ils s'endorment chacun dans leur chambre.

Aaron s'éveille le premier, en sursaut. Reste dans son lit un moment, à écouter son frère ronfler dans la chambre d'à côté. Et puis plus rien. Il ferme les yeux, sombre dans un demi-sommeil peuplé de rêves étranges. Il court après sa mère dans des couloirs blancs. Sa mère qui rit à gorge déployée. Elle porte une longue robe qui vole derrière elle. Plus il court vite et plus elle s'éloigne. Il se met à crier et elle se retourne. Elle rit comme une démente en le regardant et il ne comprend pas pourquoi tout devient rouge autour d'eux.

Il émerge à nouveau, Milo vient de bondir sur son lit.

— Putain, Milo, arrête tes conneries !

— Qu'est-ce qu'on fait, Aaron ?

— Comment ça, qu'est-ce qu'on fait ?

— Ben, on est lundi, aujourd'hui. On fait quoi ?

Les garçons se regardent. Silence. Ça tourne dans la tête de chacun d'eux.

— Alors ? insiste Milo.

— J'en sais rien, fous-moi la paix.

C'est pour ça qu'il s'était réveillé en sursaut, Aaron. On est lundi. Que vont-ils faire ? S'ils ne vont pas au lycée et au collège, il est possible que leur mère ait des ennuis. Elle en a déjà eu, la directrice du lycée n'est pas commode.

Aaron réfléchit. Il a seize ans et pas le permis. Impossible d'aller à pied à l'école, ils sont situés trop haut dans la montagne, ça fait trop loin. Il a déjà conduit, un peu, avec sa mère. C'est pas bien compliqué. Marche avant, marche arrière, embrayage, frein. Un jeu d'enfant. Il hésite. Mais il est l'aîné, il doit décider.

— Bon allez, on se prépare, lance Aaron.

— OK.

Les garçons avalent des céréales, font leur sac. Aaron grimpe dans la chambre de sa mère, fouille dans la table de nuit, trouve l'argent. Il prend un billet de dix mille francs, attrape les clés de la voiture qui traînent sur le bar de la cuisine.

Aaron met le contact. Il essaie de poser ses mains sans trembler sur le volant, se répète que tout va bien se passer, pas d'accident qui les guette au tournant.

— Attends, j'ai une idée ! s'écrie Milo en bondissant hors de la voiture.

— Tu vas où ?

Mais Milo a déjà disparu dans la maison. Puis Aaron le voit réapparaître, deux planches de bodyboard dans ses bras qu'il jette dans le coffre.

— C'est quoi, ton idée, alors, Einstein ?

— Ben, on va pas s'emmerder à aller à l'école, alors qu'on y est pas obligés. On va surfer !

Milo sourit de toutes ses dents, trop fier de lui. Milo l'intrépide, qui se fout de ce qu'il convient de faire, qui a toujours profité de sa place de deuxième et dernier de la fratrie pour n'en faire qu'à sa tête. Aaron scrute le ciel. Quelques nuages lourds s'amassent à l'horizon, annonciateurs d'une pluie qui pourrait bientôt venir, d'un orage qui pourrait bientôt éclater. Mais pas encore, pas aujourd'hui.

— Banco ! Papenoo ? propose-t-il à son cadet.

— Yes, rugit Milo.

C'est au tour d'Aaron de sortir de la voiture.

— Qu'est-ce que tu fais ? crie son frère.

Au bout de cinq minutes, Aaron revient, sa planche de surf sous le bras qu'il fixe sur le toit de la voiture.

— Je vais quand même pas surfer sans ma planche, dit Aaron à son frère.

Les voilà partis. En route vers les rouleaux de surf qui lèchent la plage de sable noir. Milo sourit de toutes ses dents. C'est rare qu'Aaron le traîne avec lui pour une session de surf ou de bodyboard, d'ordinaire son grand frère préfère y aller seul ou avec ses copains. La journée s'annonce bien.

Les premiers mètres en voiture sont laborieux. Aaron cale, s'énerve, manque de les envoyer dans le fossé. Il s'oblige à respirer calmement, fixe la route, et progressivement ça revient, les conseils de sa mère, les quelques réflexes acquis. Sa conduite devient un peu plus fluide, plus assurée. Il serre les fesses à l'idée de croiser des flics, mais il faut croire qu'aujourd'hui, c'est malgré tout leur jour de chance.

Ils arrivent sans encombre à Papenoo. Aaron se prendrait presque à croire aux miracles. Milo se rue hors de la voiture, attrape son boogie, enlève son tee-shirt et enfile son short de surf par-dessus son boxer. Il se jette à l'eau en riant bruyamment.

Aaron le rejoint, avec sa planche de surf. Comme il aime ça ! La morsure de l'eau, le sel sur sa peau, et ramer, ramer, ramer. À s'en vider le cerveau. À s'en faire éclater les bras. Se positionner dans l'eau, observer les vagues qui arrivent, choisir la sienne. Avec parfois la peur au ventre, quand elles sont trop grosses ou qu'il a du mal à les décrypter. Et se lancer. Un, deux, trois coups de bras et il se lève sur sa planche. Il épouse les courbes de la vague, ne fait plus qu'un avec elle. Sous ses pieds, elle vibre, frémit, ondule, comme une amante impatiente d'être pénétrée. Mais il sait qu'il faut toujours se méfier de l'amante : elle peut parfois devenir assassine. Combien de fois ne s'est-il pas pris la barrière de corail ? Un faux mouvement, une vague mal estimée, et le récif à fleur d'eau contre lequel il s'abîme.

Genoux pliés et torse sous tension, les épaules tendues vers l'avant, comme son regard, qui porte loin devant lui, Aaron file sur sa planche, les pieds entourés d'écume. Jamais il ne se sent aussi libre que dans ces moments-là.

Milo se fatigue le premier. Il va attendre son frère sur le sable, se roule dedans pour se réchauffer et y fait des dessins à l'aide de ses mains.

Aaron finit par le rejoindre. Il se laisse tomber sur la plage, yeux plissés fixant l'horizon. Un calme étrange l'envahit toujours après avoir surfé.

— Alors, j'ai pas eu la meilleure idée de la journée ? demande Milo.

Aaron rit.

— Franchement ? Si !

Le visage de Milo s'illumine. Les frères se regardent, se sourient. Ce pourrait être une si belle journée.

Puis une ombre traverse le visage de Milo. En l'espace d'une seconde, sa figure devient grave, sa gorge se serre, ses yeux piquent. Il a encore cette facilité enfantine à passer d'un état à l'autre avec rapidité, suivant un fil logique connu de lui seul.

— Dis, Aaron, tu sais quand est-ce qu'elle va rentrer à la maison ?

L'ombre gagne le visage d'Aaron. Il fixe un instant son frère, puis détourne les yeux. Il ne sait pas.

J'ai compté jusqu'à toi

La montagne était longue et dure à gravir,
comme dans mes souvenirs.
Il faisait beau, il faisait chaud,
et dans la lumière crue,
mon sourire
tremblait.
Mon cœur lourd dans ma poitrine
cognait.
Était-ce l'émotion ou la pente ?
Un deux trois,
je sais compter jusqu'à toi.
Le ciel immense,
aussi bleu que tes yeux,
me surplombait.
Tu étais
partout.
Ton regard comme un voile intense
qui recouvrait ma vie.
Quatre cinq six,
j'irai jusqu'à toi.

Le premier plateau,
seulement le premier,
et ma peau
ruisselante de sueur.
Le soleil de plomb
au-dessus de l'horizon.
Un deux trois,
quatre cinq six.
Tu es au sixième plateau,
je le sais, je m'en souviens.
Les fleurs dans ma main,
un instant, j'avais hésité.
Et finalement la même chose.
Des roses.
Arrivée tout là-haut,
sixième et dernier plateau,
c'était beau.
J'aurais presque pu prendre un ascenseur,
s'il en existait un.
S'il vous plaît, au paradis,
dernier étage,
du cimetière de l'Uranie.
La mer et le ciel,
à perte de vue.
Beaucoup de blanc et de bleu,
avec une kyrielle de nuances.

Tu dois être bien ici.
Je t'ai parlé tout bas,
m'as-tu entendue ?
Je me suis tenue
tout au bord de ta tombe.
À la lisière
de la douleur.
Un deux trois,
j'ai compté jusqu'à toi.

riane savoure un verre de vin blanc frais, les yeux fermés. Un bourgogne aligoté. Sec et minéral. Les pieds nus dans l'herbe, elle écoute la mer.

Avant, elle l'aurait bu en terrasse avec ses copines, son verre. Elles auraient même pris une bouteille, voire plusieurs. Chez *Prune* ou au *Barav*. Dehors, les mains qui tapent, les langues qui claquent. En fumant des cigarettes, sous les étoiles polluées. Au cœur de Paris, de la ville, de la vie. Au milieu des lumières, des gens, des cris. Des types les auraient sûrement abordées, elles les auraient fait décamper. Elles aimaient être entre elles. Sauf si… sait-on jamais ?

Elle aurait pu aussi le prendre avec Mathis, son verre. Son cœur se serre. Mathis, terre dangereuse, minée, détrempée, sur laquelle elle essaie de ne plus s'aventurer. Mathis qui l'a quittée sans vraiment s'expliquer. Du jour au lendemain. Restaient le vide et les questions sans fin, sans faim, le corps qui rétrécit, s'affine, à devenir translucide. Le corps qui flanche, les genoux qui lâchent. L'ivresse du manque, la sensation de légèreté, l'impression de contrôle quand tout lui échappait. Elle est tombée parfois dans la rue. Les gens s'écartaient, les yeux se détournaient. Une petite mamie un jour l'avait aidée à se relever. « Une si jolie jeune fille, vous ne devriez pas vous mettre dans cet état. Un de perdu, dix de retrouvés ». Elle avait tout compris, la mamie. Sa main douce et fripée passée comme un nuage sur la joue d'Ariane, le timbre soyeux de la voix chuchotée à son oreille. Elle avait eu envie de se blottir contre cette vieille dame qui lui rappelait sa grand-mère, son roc dans la tempête, leurs folies partagées, trop tôt arrêtées. Ariane avait bloqué les sanglots, marmonné merci, elle était partie en titubant.

Elle a pleuré quand Mathis l'a quittée. Énormément. Elle est sortie aussi, a beaucoup bu. Champagne, vodka, rhum, mojitos. Un cocktail explosif. Avec ses copines, ou seule. Les bars écumés, les boîtes où elle chancelait. Elle a rarement autant baisé qu'à ce moment-là. Au hasard de ses nuits fiévreuses. Légère la tête, avide le sourire, impatientes les cuisses. Elle parlait rarement, elle n'était pas là pour ça. Elle était là pour s'étourdir, pour oublier. Elle accrochait un regard. Se faisait payer des verres autant qu'elle en offrait. Elle aimait bien ce moment qui précède celui où l'on se jette à l'eau, où l'on plonge sur des lèvres inconnues qu'on embrasse, qu'on lèche, qu'on mord. C'était peut-être son moment préféré. L'instant où tout est possible, où l'on peut dire : vas-y, prends-moi. Où l'on peut dire : je te veux, je t'aurai. Où l'on peut détourner les yeux, la tête, changer d'avis. Le cœur qui bat, l'excitation qui monte. Les corps qui s'attrapent, se serrent, ondulent. Les mains qui se touchent, se fleurent, se palpent. Sous la robe, le sexe humide. Et le plaisir qui monte. Viens, on va chez moi. Dans la rue, les rires, les phrases dépourvues de sens, le taxi arrêté. L'adresse donnée qu'elle ne retient pas, elle s'en moque. Ça s'explore encore dans le taxi, en gloussant, en chuchotant. À peine le temps de monter les marches ou de prendre l'ascenseur, elle soulevait sa robe la porte d'entrée tout juste passée, faisait tomber sa culotte, se faisait prendre. Sur un lit, dans un couloir, sur une table, qu'importe. Elle voulait juste la décharge du plaisir, la griserie de l'oubli, l'ivresse de la liberté. Elle pouvait jouir une fois, deux fois, trois fois. Elle agrippait des épaules inconnues, passait ses bras autour de cous qu'elle ne connaissait pas, se perdait dans des yeux qui ne lui disaient rien quand elle ne fermait pas les siens. Après, elle sombrait, d'un sommeil lourd, le corps repu, la bouche ouverte comme arrêtée sur un dernier orgasme. Le matin, elle s'éveillait souvent la première, regardait autour d'elle, étonnée. Puis se souvenait. Elle s'habillait doucement, partait vite avant que l'autre ne s'éveille, refermait la porte sans bruit. Dehors la ville la saisissait, l'enveloppait, l'accompagnait. Le plaisir de sa nuit agitée revenait par vagues. Arrivée chez elle, Ariane s'écroulait sur son lit. Elle pouvait passer la journée à dormir. Elle en a chopé des mecs durant cette période.

Une fois, une fois seulement, ça a été une nana. Elle avait senti des mains sur ses fesses, pendant qu'elle dansait, en boîte. Une pression douce, mais ferme. Des seins collés contre son dos. Des cheveux qu'elle devinait longs avaient chatouillé sa nuque. Elle avait souri, n'avait pas réfléchi. Les yeux clos, le cœur battant, Ariane avait savouré. Et puis elle s'était retournée. En face d'elle, une blonde aux courbes excitantes et aux yeux gourmands. Elles avaient longtemps dansé ensemble. La fille l'effleurait, debout, lui embrassait le cou. Ariane se perdait, répondait, vibrait. Elle avait suivi la fille chez elle. Dans les rues de Paris, elles avaient marché main dans la main et Ariane s'était sentie bien. Arrivée à destination, Ariane s'était laissé guider. Elle avait aimé. Parfois, quand elle y repense, ses joues s'empourprent, son sexe s'affole. Les seins de la blonde étaient comme elle l'avait deviné sous le tee-shirt blanc un rien transparent : ronds et fermes. Des fesses rebondies comme Ariane aimait en regarder dans la rue, pour la beauté des formes. Ariane les avait touchées ces fesses, presque timidement au début. Elle les avait malaxées. Embrassées. Dévorées. Elle avait eu beaucoup de plaisir cette nuit-là. Explorer le corps de l'autre qui ressemblait au sien. Troublante excitation de soi-même. Elle avait goûté le grain de cette peau féminine, gémi sous les caresses de cette inconnue, demandé encore et encore. Écartée de plaisir, elle avait pris la main de l'autre pour être emmenée plus loin, plus fort. Au matin, la fille dormait. Ariane l'avait détaillée, curieuse. Avait eu peur de la trouver moche. Mais non, elle était belle. Ariane avait observé ses épaules couvertes d'un fin duvet, écouté son souffle calme, effleuré son bras. Elle était partie comme une voleuse, comme d'habitude, habitée de son secret. Dehors, elle avait souri, s'était mordu les lèvres. Dans ses yeux dansaient des mèches blondes.

Toutes ces nuits où elle a essayé d'oublier Mathis. Elle y est arrivée, par intermittences. Elle l'avait aimé cet homme, comme une folle. Elle l'avait eu dans la peau. Après leur rupture, elle s'était enfoncée, sans parvenir à sortir la tête de l'eau. Malgré ses nuits intenses et peuplées, malgré ses copines toujours présentes. Qui tentaient de la maintenir à flot. Elle avait eu peur de les perdre, elles aussi, à force de ruminer sa rupture. Peur de les lasser. Elle les voyait poursuivre leur vie, leurs amours, et elle restait à quai, incapable d'avancer.

Un jour, ça l'a prise. Sur un coup de tête. Elle a largué les amarres. Elle a décidé de partir à l'autre bout de la terre. Loin, loin. Le plus loin possible de Mathis, de ce qui avait fait leur vie, de Paris où elle l'imaginait à chaque coin de rue.

Elle était restée chez elle, un samedi soir. Elle n'avait pas eu envie de sortir et traînait sur Internet. Une offre pour enseigner l'histoire-géographie à Huahine. Elle s'était lancée. Elle n'était même pas professeur, mais sa licence d'histoire devrait suffire. Elle ne savait pas où se trouvait Huahine et avait regardé sur la toile. Elle n'arrivait pas à voir cette île sur la carte et avait fini par distinguer un minuscule confetti au milieu du Pacifique. Impossible de se perdre davantage. Parfait. Elle avait postulé. Au bout de quelques semaines, la nouvelle était tombée. Le poste était pour elle. Le vertige quand elle a su. La crainte de faire une erreur, durant quelques secondes. Et puis l'envie de l'exil et de l'aventure, l'envie d'ailleurs et d'autre chose avaient pris le dessus.

Ses parents inquiets de son projet. Ses copines excitées et attristées. « C'est génial ! Mais tu veux pas aller dans un endroit où on pourrait se voir plus facilement ? Histoire qu'on continue nos week-ends entre filles ! ». Les amis qui comprenaient. Ou pas. La boulangère qui lui demandait quelle était la monnaie là-bas.

Vite, le billet d'avion réservé. Le sac fait. Voyager léger. Toujours.

Elle a atterri dans une petite bicoque. Très différente de sa chambre de bonne aux poutres apparentes, aux murs charmants et décrépis, avec vue sur les toits de

Paris. Toits sur lesquels elle a marché, funambule nocturne, quand sa peine était trop lourde à porter. Quand elle avait besoin de s'évader, de s'envoler.

Son appartement, son havre de paix dont elle avait hérité de sa grand-mère chérie. Elle y vivait, y écrivait ses articles qu'elle publiait ensuite en free-lance dans différentes revues. Elle n'y emmenait jamais ses plans cul en revanche.

À Huahine, elle était loin de chez elle, la petite Parisienne. Elle avait pris une claque quand elle avait posé pour la première fois le pied sur l'île. Oui, c'était beau. Oui, le lagon était d'azur et les plages de sable d'un blanc immaculé. Les habitants semblaient paisibles et la vie douce. Et il faisait terriblement chaud. Mais ça lui faisait aussi tout drôle d'être là, sur cette terre si petite. Quand elle avait envie de prendre un café dans un bistrot, de déambuler dans les ruelles parisiennes des heures durant, en admirant les détails architecturaux, envie très fort, quand le monde et la pluie et le gris et l'énergie de la ville lui manquaient, quand elle avait envie d'avoir froid et de partir sans plus réfléchir dans une capitale européenne, elle fixait la mer — il n'y avait que ça de toute façon — en inspirant profondément.

Et puis, même si certaines choses de sa vie de citadine lui manquaient, elle était bien dans son *fare*. Sa petite maison avec le jardin qui débordait sur la mer. Elle était arrivée au début du mois d'août, pour avoir un peu le temps de préparer sa rentrée. Elle allait avoir des classes de quatrième et de troisième.

Ses collègues journalistes restés en France lui avaient dit qu'elle faisait une belle connerie et qu'elle tournerait en rond à Huahine. Ils avaient tort. Dès son arrivée, elle a arpenté l'île, à pied, en nageant. Elle est allée à la rencontre des habitants. Elle s'est imprégnée de chaleur, de douceur, de langueur. Avant la rentrée, elle se levait tôt le matin et piquait une tête dans le lagon. Puis elle allait acheter du pain chez le Chinois. Avant, c'était chez l'Arabe du coin qu'elle allait. En chemin, elle papotait avec les enfants qui frimaient sur leur vélo, faisaient la course, jouaient avec de grands éclats de rire. Timides les gamins au début. Mais elle les a vite amadoués. Avec son sourire lumineux qui montait jusqu'à ses yeux d'un brun presque doré et sa façon naturelle de s'adresser à eux. Elle aimait la manière directe qu'ils avaient de la plonger dans leur monde, pour peu qu'elle s'arrête sur leur route. Alors elle écoutait leurs histoires et leurs secrets. Puis elle poursuivait sa route. Au magasin, elle parlait avec le propriétaire, qui se désolait que son fils ne veuille pas reprendre la boutique et ne songe qu'à aller à la ville. Ce fils qui n'avait que Papeete à la bouche.

Parfois, elle s'est sentie très seule ici, quand même. Les gens étaient sympathiques, mais elle a mis du temps à pénétrer les demeures, à tomber les barrières, à franchir les seuils de l'intimité.

Quand elle a commencé les cours, elle a tout de suite aimé ses élèves. Celles du premier rang, sérieuses et attentives, qui levaient la main et posaient des questions. Ceux du fond, qui faisaient les malins, ponctuaient de blagues ses cours. Elle les trouvait attachants quand elle n'avait pas à les rappeler à l'ordre. Ce qui arrivait quand même souvent. Il y avait aussi les rêveurs qui s'évadaient et qu'elle rappelait à elle. Et ceux qui étaient là, indifférents.

La vie qu'elle s'est construite est simple et saine. Elle s'est remise au sport et à manger. Son corps s'est remplumé, elle a une belle silhouette musclée. Ses cheveux auburn ont éclairci, son teint est hâlé, des taches de rousseur parsèment son nez et son décolleté.

Tout doucement, elle a commencé à oublier Mathis.

Elle a reçu un email de lui il y a quelques semaines, pour son anniversaire. Elle fêtait ses vingt-huit ans.

Happy you...
Mathis Delcombe <matdel@gmail.com>
lun. 23/3, 18 h 16
A : ariane.vermeil@hotmail.fr

Hello Ariane,
Je ne sais pas où tu es, mais j'espère que tu vas bien.
À l'occasion, cela me ferait plaisir de te revoir.
Bon anniversaire, je t'embrasse.
Mat

Elle était en train de se préparer pour aller dîner chez une collègue. Quand elle a vu son nom s'afficher sur l'écran, elle a eu un coup au cœur, ses mains ont tremblé. Elle a lu le message avec émotion, avec une pointe de nostalgie aussi, et, à sa grande surprise, avec une sorte de distance. Elle a pensé aussi que cet email sortait de nulle part.

Elle a laissé passer un peu de temps avant d'écrire :

RE : Happy you...

Ariane Vermeil <ariane.vermeil@hotmail.fr>
Jeu. 26/3, 6 h 13
A : matdel@gmail.com

Hello Mathis,
Merci pour ton message. Je vis à Huahine et tout
va bien.
J'espère que tout roule de ton côté.
Bisous,
Ariane
PS : je parie que tu ne sais même pas où c'est
Huahine ;)

Il avait répondu moins d'une heure plus tard :

Rép : Happy you...

Mathis Delcombe <matdel@gmail.com>
Jeu. 26/3, 7 h 10
A : ariane.vermeil@hotmail.fr

Trouvé : c'est en Polynésie !
Je fais un road trip en Australie là, en mode
backpack... c'est pas très loin de là où t'es... je
pourrais peut-être faire un saut jusqu'à toi ?

Elle avait préféré ne pas répondre. Pas envie de le revoir. Il allait parcourir des kilomètres pour la sauter ? Puis retourner en Australie poursuivre son voyage ? Quel foutage de gueule ! Le mec la plaquait salement et proposait aujourd'hui de se pointer comme une fleur… Elle allait mieux à présent, pas la peine de risquer de replonger en eaux troubles en le revoyant.

Et puis, pour le sexe, elle avait ce qu'il lui fallait ici. Quand elle y pense, elle ferme les yeux. Sous ses mains, la peau tannée de soleil de son amant, le dessin de ses muscles. Au début, elle le croisait le matin en allant au collège, lorsqu'il partait pêcher en mer. Ils se saluaient d'un haussement de sourcils, de loin. Un soir, alors qu'elle rentrait chez elle, il lui avait offert un poisson, comme ça. Il lui avait expliqué comment le manger cru et elle avait remercié. La deuxième fois où il lui en a offert — du thon rouge — elle l'avait invité à dîner chez elle.

Hiro avait accepté. C'est lui qui avait cuisiné le poisson, tandis qu'elle servait le vin. Ils avaient passé une bonne soirée. Il avait le même âge qu'elle et était originaire de l'île. Il parlait peu et elle aimait son silence. Quand elle lui posait des questions sur Huahine, il s'animait.

— Et toi, est-ce que tu rêves comme d'autres d'aller vivre à Tahiti ? De découvrir la ville ?

— Non.

— Ah bon ?

— Non, je suis bien ici, c'est chez moi. Et toi ?

— Quoi, moi ?

— Tu veux rester à Huahine ou retourner dans ton pays ?

— Pour le moment, je me sens bien ici. Mais je ne crois pas que j'y ferai ma vie.

— Ça fait combien de temps que t'es là ?

— Bientôt deux ans. Waouh, j'ai pas vu le temps passer, dis donc !

Puis elle était passée à l'attaque :

— T'as une copine ?

Hiro avait rougi sous son teint mat.

— Non.

Elle lui avait resservi du vin et l'avait embrassé. Elle a aimé faire l'amour avec lui. Elle a aimé ses coups de reins doux comme le mouvement des vagues. Ses gestes sensuels. Son corps immense. Son torse dur comme un bateau. Ses cheveux longs et noirs qui se sont détachés quand il était au-dessus d'elle. Sa peau salée. Il avait une longue cicatrice sur la cuisse. Elle ne lui a pas demandé comment il se l'était faite.

La nuit avait été pleine de douceurs, de saveurs et de tendresse. Elle s'était endormie dans ses bras, blottie contre lui comme un bébé. Elle avait bien dormi. Ça faisait longtemps que ça ne lui était pas arrivé, de dormir avec quelqu'un. Et de dormir bien.

Ils sont devenus amis, ensuite, et couchent ensemble de temps en temps, quand ils en ont envie. Hiro lui donne parfois du poisson, ils discutent souvent. Son amitié lui est précieuse.

Ariane frissonne sur sa terrasse. La bouteille de bourgogne aligoté est bien plus entamée qu'elle ne le pensait…

Elle ouvre le robinet de son tuyau pour son jardin. C'est le moment de la journée qu'elle aime le plus. L'odeur de la terre humide qui monte et emplit les narines, le chant des criquets qui se déverse dans l'oreille, la mer en toile de fond dans laquelle le regard se noie.

Ariane arrose longuement, amoureusement, ce jardin devenu havre de paix. Elle le fait uniquement quand il ne pleut pas. Et là, si elle veut que son jardin survive à cet été qui semble sans fin, il vaut mieux qu'elle l'aide. Son jardin sans hommes. Elle passe une main tendre sur son frangipanier qui sent bon, cueille une fleur et la glisse dans son chignon. Après avoir circulé parmi les bougainvilliers en évitant leurs épines, elle caresse le papayer qui bientôt lui donnera des fruits, observe les hibiscus.

Le meilleur pour la fin. Son buisson de *tiare*. Elle se baisse, parle tout bas aux fleurs, les respire avec volupté, puis se redresse pour regarder l'océan. Elle s'est reconstruite ici, elle y est arrivée. Venue se perdre sur cette petite île, elle s'y est retrouvée.

La nuit est tombée. Elle coupe l'eau et débarrasse la table des restes de son dîner. Il y a un peu de vent dehors, il fait meilleur à l'intérieur.

Debout dans sa cuisine, elle fait la vaisselle en pensant au lendemain. Vendredi. Le contrôle de ses quatrièmes. Le conseil de classe de ses troisièmes. Et après ce sera le week-end. Elle n'a pas encore de plan, comme souvent. Ça dépendra du temps, du soleil, de ses envies.

La vaisselle est propre, mise à sécher. Ariane jette un regard circulaire dans sa maison. Elle observe la table dehors, il ne lui reste rien à ranger.

Les yeux d'Ariane s'arrêtent sur le rideau de la baie vitrée qui remue, un souffle de vent s'insinue. *C'est étrange* se dit-elle, *j'étais sûre d'avoir fermé. Peut-être pas avec le verrou poussé, mais je croyais que la porte était close.* Elle se rapproche de la baie vitrée. Une ombre derrière le rideau. Ce doit être son imagination. Elle tend le bras pour refermer la porte-fenêtre, une main l'agrippe. Elle sent les doigts calleux, la poigne forte, la tension du poignet.

Elle ne reconnaît pas l'homme qui se tient devant elle, mais ses traits lui semblent familiers. Dans la tête d'Ariane, ça fuse. *C'est qui ce type ? Qu'est-ce qu'il me veut ?*

Il fait à peu près la même taille qu'elle et lui souffle son haleine au nez. Il sent l'alcool, ses yeux sont rougis. Ariane a peur. Elle veut hurler, il plaque une main sur sa bouche, l'autre entre ses jambes, fouille le mini short qu'elle porte. Ariane se débat et prend une première claque. Une deuxième. Sa tête fait un aller-retour. Un coup de poing dans l'estomac la plie en deux, lui coupe le souffle. Il la redresse et continue de la frapper, au visage, sans prononcer un mot. Elle lève les mains, essaie de se protéger, de lutter contre lui. Elle a un goût de sang dans la bouche, mal partout. Elle pense qu'elle va mourir ici, chez elle. Sous les coups de ce taré. Il lui agrippe les épaules et la pousse contre le mur, plusieurs fois. La lumière s'allume, s'éteint, au rythme de l'interrupteur actionné par saccades dans son dos.

Le téléphone sonne.

— Tu réponds. Si tu dis un mot sur moi, je te tue. T'as compris ?

Ariane acquiesce, trop terrorisée pour lui dire quelque chose.

— Allo ?

— Oui Ariane, c'est Jacques, ton voisin. Je ne te dérange pas ?

— Non.

— Je t'appelle, car je viens de voir la lumière s'éteindre et se rallumer plusieurs fois chez toi, j'ai trouvé ça étrange. Tout va bien ?

— Oui, tout va bien, répond Ariane d'une voix étonnamment calme. Je corrige mes copies de maths.

Le cerveau fou furieux qui travaille à toute allure. L'instinct de survie qui jaillit chez Ariane, elle n'a même pas réfléchi avant de parler.

Silence à l'autre bout de la ligne.

— Tes copies de maths ? demande Jacques.

— Tout à fait.

— Très bien, Ariane, bonne soirée.

Il raccroche. Elle entend la tonalité de la ligne. Elle ne sait pas si son voisin a compris, ce qu'il va faire, mais elle a tenté sa chance.

Ariane est de nouveau seule face à son agresseur, sans fil pour la relier au monde extérieur. L'homme lui arrache son tee-shirt, essaie de lui baisser son short, la projette au sol. Elle tente de se relever, de s'enfuir. Un coup de pied dans le ventre et elle mord la poussière.

Il la maintient au sol, se met à califourchon sur elle et lui enserre le torse de ses cuisses. Elle a l'impression que ses côtes rétrécissent, vont se briser. Ariane essaie à nouveau de crier, d'appeler à l'aide, elle va y rester et c'est tout ce qui lui reste, sa voix pour gueuler, mais ses côtes comprimées ne laissent passer qu'un filet de voix.

Il lui serre la gorge de ses deux mains et elle n'arrive pas à dégager son cou. Tout devient flou. Elle ferme les yeux sur son jardin empourpré.

De loin, de très loin, elle entend les sirènes de la police. Elle n'est plus tout à fait consciente pour la suite.

Pour les flics qui enfoncent la porte d'entrée et débarquent chez elle. Les flics qui attrapent le mec, l'étalent au sol et lui passent les menottes. Ils sont arrivés, alertés par Jacques. Ils appellent une ambulance pour Ariane qui gît, allongée par terre, au milieu d'une immense flaque rouge. Elle respire encore, mais si faiblement.

L'ambulance arrive. On la palpe, on l'ausculte. Son état est grave, le bilan est lourd. Des côtes fêlées, un visage méconnaissable — elle est loin la jolie jeune femme rieuse, loin sous les traits éclatés, l'ossature abîmée. Le médecin dépêché sur les lieux prend la décision de la faire évacuer à l'hôpital de Raiatea.

Ariane se réveille entre des murs blancs. Son cerveau se met lentement en marche, elle essaie de bouger, un mal de chien traverse son corps endolori. Une infirmière passe, prend sa tension, note quelque chose dans un carnet. C'est une fille de Raiatea, grande et élancée, aux gestes qui rassurent et aux yeux comme des charbons. Quand elle sourit — parce qu'elle sourit toujours Tatiana, malgré les horreurs qu'elle voit au travail — deux fossettes creusent ses joues.

— Je vais avoir des séquelles ? demande tout de suite Ariane, anxieuse.

— Non, tu es solide et tu as eu de la chance. Enfin, façon de parler, excuse-moi. Tu n'auras pas de séquelle, mais ça va prendre du temps pour que les marques de ton agression disparaissent.

— J'ai mal. Tu peux me donner quelque chose s'il te plaît ?

— Bien sûr.

Tatiana ajuste la perfusion, fait couler les antidouleurs bienfaisants.

— Tu devrais sentir les effets dans quelques minutes. Je t'apporte à manger ? Ça te fera du bien.

— J'ai pas très faim, dit Ariane, mais OK, j'essaierai de manger un peu.

Tatiana va partir. Ariane l'arrête, pose la question qui lui démange les lèvres.

— Pourquoi ?

Tatiana tressaille à peine, elle redoutait cette question, mais elle sait qu'elle va y répondre.

— Pourquoi moi ? Qu'est-ce qui s'est passé ? Qu'est-ce que j'ai fait pour que ce type s'acharne sur moi ?

— Les flics pourront sûrement mieux te répondre que moi. Ce que je peux te dire, d'après ce que j'ai compris, c'est qu'il bossait sur un chantier pas loin de ta maison.

Ariane ferme les yeux. Le visage de son agresseur lui disait bien quelque chose. Elle revoit le chantier, la construction de l'immense villa d'un acteur tombé amoureux de Huahine. Tous les jours elle passait devant, pour aller au collège. Saluait ceux qui travaillaient dessus, agitait la main. Confiante, Ariane, souriante.

— Apparemment, il t'avait repérée. Il avait beaucoup bu le soir où il est entré dans ta maison. On ne sait pas pourquoi il t'a tabassée. Ce n'était pas son intention au début, il voulait, enfin tu sais…

Tatiana s'embrouille, cafouille, les mots n'arrivent plus à franchir ses lèvres. Ariane la fixe, sans ciller.

— Oui, je sais ce qu'il voulait.

La voix d'Ariane est aussi blanche que les murs qui l'entourent. Elle essaie de repousser le souvenir des mains sur son corps qui tâtonnent, fouillent. Elle a envie de vomir.

— La police l'a interrogé. On n'a pas compris pourquoi il a été si violent. Ce que l'on sait en revanche, c'est qu'il a vingt ans et que tu es sa troisième victime.

Ariane ne dit plus rien. Il n'y a rien à dire. Tatiana lui presse avec douceur le bras. Elle voudrait faire plus, mais il n'y a pas grand-chose à faire. À part être là, ne pas fuir les questions, apaiser la douleur autant qu'elle peut, comme elle peut. Tatiana si fière de son pays, de son île, elle en a presque honte quand elle regarde la jeune femme allongée sur son lit, cassée, dévastée.

Tatiana va chercher le plateau-repas. Quand elle revient, le bruit de ses savates la précède. Elle dépose la nourriture devant Ariane qui essaie d'avaler quelques bouchées.

Ariane verra un médecin, une psychologue, répondra aux questions des flics qui poursuivent leur enquête.

C'est le début de la lente reconstruction, de l'impossible oubli.

Une fois sortie de l'hôpital, elle retourne dans son *fare*. Au début, elle a beaucoup de mal à prendre sa douche toute seule. Elle a peur quand elle se retrouve nue dans sa salle de bain, elle se sent vulnérable.

Un tremblement incontrôlé l'agite quand elle doit fermer sa maison, quand les rideaux bougent et que les ombres gagnent du terrain.

Continuer, coûte que coûte. Ne pas hurler, ne pas sombrer, ne pas crever.

Elle finit l'année scolaire et dit au revoir à ses élèves, à Hiro et à tous ceux qu'elle a connus et aimés. Elle ne se voit pas continuer à vivre ici. Elle ne peut pas rester seule dans sa maison, demeurer sur cette île.

Lorsqu'elle referme la porte de son *fare* pour la dernière fois, elle redresse la tête et fixe l'horizon turquoise.

Va chercher le flingue !

— Quoi ?

— Va chercher le flingue, j'te dis !

— Pour quoi faire ?

— Regarde là, près de la patate de corail, le perroquet qui nage. Avec le flingue, je le shoote et on le mange !

— Non, on est dimanche.

— Et alors quoi ?

— Ben, le dimanche, c'est le jour du Seigneur, faut laisser les poissons se reposer.

Ça durait depuis environ une demi-heure. Je les observais d'en haut, leur silhouette se découpait sur la mer émeraude. Trois mecs, torses nus, en short de surf. Celui qui voulait le flingue avait des dreadlocks et était très maigre. Celui qui refusait d'aller le chercher était plutôt baraqué. Le troisième, un peu gros, ne disait rien. Ses cheveux comme un cocotier sur la tête, il se roulait un joint consciencieusement.

J'étais parti à Maupiti au dernier moment. J'avais vu des billets pas trop chers et fait mon sac. En moins de deux heures, j'avais quitté Papeete, pris un vol pour Bora-Bora et un bateau pour Maupiti. J'avais voulu fuir la vague de chaleur qui s'abattait sur Tahiti, trouver un peu de fraîcheur, à défaut de pluie, ici. Peine perdue.

J'avais loué un vélo et fait le tour de l'île, je m'étais baigné et j'avais bu des bières en matant le coucher du soleil. J'avais pris quelques photos que je posterais plus tard sur mon blog en réfléchissant à des titres :

#MaupitiParadisSurTerre

ou encore :

#ILoveMyLife@Maupiti

Et juste en dessous je pouvais déjà imaginer les commentaires des gens à propos de mes photos :

Canon !

Grrr trop jalouse, profite bien ☺

Ici c'est l'hiver, on se les caille, enjoy mec

Après une nuit plutôt calme, j'étais parti me balader à pied et j'avais déniché un promontoire qui dominait les eaux du lagon.

J'admirais la vue quand leurs voix me sont parvenues. J'ai tendu l'oreille, ils me faisaient marrer. Au bout d'un moment, je me suis décidé à descendre jusqu'à la mer. Ils m'ont accueilli avec un hochement de tête.

— Là, il est là, encore, le poisson-perroquet ! Allez, va dans la bagnole chercher le flingue !

— J'ai dit non.

— Mais j'ai faim. T'imagines, là, un bon p'tit perroquet qu'on pourrait manger. Allez, s'il te plaît !

— Je t'ai dit, on est dimanche, c'est le jour du Seigneur.

— Ouais, et qu'est-ce que tu fais là, alors ? Tu devrais plutôt aller à la messe. Et Poséidon est d'accord avec moi, on peut choper du poisson aujourd'hui. Allez, quoi, file-moi le flingue !

L'autre ne bougeait pas.

J'essayais de me rappeler qui était Poséidon.

J'ai enlevé mon tee-shirt et mis mon masque sur la tête, tuba en l'air, les palmes dans les mains.

— Vous savez où il faut aller pour voir de beaux poissons ? ai-je demandé.

— Partout c'est beau. Et il y a plein de poissons partout.

— Et la passe, c'est bien ?

— Ouais, c'est bien, mais c'est aussi là où y'a les monstres, m'ont-ils dit en rigolant.

Ils ont dû voir que je devenais encore plus blanc.

— Non, mais t'inquiète, tu peux y aller, mon frère, personne s'est jamais fait croquer.

— Tu pêches ? m'a demandé celui obsédé par le flingue.

— Pas trop, j'ai répondu en haussant les épaules. Mais je mange du poisson.

Il a ri.

— Dommage, t'aurais pu pêcher le perroquet.

Ça tournait à l'idée fixe.

Je suis allé explorer l'aquarium naturel. C'était magnifique. Une farandole de poissons, des patates de toutes les couleurs et une eau limpide. Par contre, je ne me suis pas risqué à la passe. J'ai peur des requins.

Quand je suis revenu, les trois mecs étaient toujours perchés sur leur rocher. À discuter de ce qu'ils pourraient ou non manger à midi.

— Alors, mon frère, ça t'a plu ?

— Ouais, c'était super beau. Vous n'allez pas vous baigner ?

— On y a déjà été ce matin ! Et là, on profite. C'est pas tous les jours qu'on peut venir ici. Toute la semaine, on est aux champs. Et toi, tu viens d'où ? De métropole ?

— Ouais, mais je vis à Tahiti. Et vous, vous êtes de Maupiti ?

— Yes, mon frère, on est d'ici. Ça fait du bien de sortir un peu de Papeete, de changer du train-train ?

— Carrément.

C'est vrai que ce week-end me faisait du bien.

Un bateau est apparu, s'avançant vers la crique. Les trois mecs se sont excités. Enfin, surtout les deux qui s'embrouillaient à propos du flingue, l'autre fumait toujours sans intervenir dans la discussion.

— C'est quoi, leur drapeau ? Des Allemands, des Irlandais ? demandait celui avec les dreadlocks.

— J'aimerais bien que ce soit des Irlandais, a répondu le baraqué.

Moi, je ne disais rien, j'aurais même pas été capable de reconnaître le drapeau irlandais.

— Ah ouais ? Pourquoi ?

— Je sais pas.

— Moi, j'aimerais bien que ce soit des Arabes.

— Pourquoi ?

— Ben, on en voit jamais, j'aimerais bien en voir un.

— Et tu lui dirais quoi ?

— *Assalam Alaykoum.*

Ils ont rigolé comme des baleines.

Le bateau a jeté l'ancre. C'était des Français. J'ai bien vu qu'ils étaient déçus. Ils ont continué en parlant de l'État islamique et des attentats en France. J'avais suivi ça de loin, au travers de mes potes à Paris et à Nice, je savais que certains sortaient parfois au Bataclan ou allaient à la Promenade des Anglais. J'avais guetté leur statut Facebook après les attentats, soulagé de voir le « En sécurité » apparaître. J'avais pensé être bien tranquille à Tahiti et je ne m'y étais pas plus intéressé que ça. Les trois mecs étaient au taquet et j'avoue que j'étais bluffé.

Je me suis séché au soleil en tirant sur le joint qu'ils m'avaient tendu et suis reparti tout content. Je leur ai jeté un dernier coup d'œil. Il y avait toujours celui qui fumait au milieu de ceux qui se chamaillaient. J'ai souri. En m'éloignant, les trois mecs ont disparu de ma vue mais j'entendais encore l'écho de leur voix.

#MaupitiMorceauDeParadis

Le pêcheur

Il fait encore nuit et Tania dort contre lui. Trente ans qu'elle dort contre lui. Il connaît tous les recoins et les replis de son corps-fleur qui doucement se fane. Sa respiration, comme une ancre profonde, lui indique qu'elle est en plein sommeil.

Leur tendresse rugueuse se passe de mots d'amour. Il la repousse en veillant à ne pas la réveiller, se lève sans faire de bruit et tâtonne dans le noir pour trouver ses habits.

Il serait bien resté dormir, lui aussi, mais il est l'heure d'aller pêcher. Il se fait un bol de café dans la petite cuisine et avale un reste de poisson cru de la veille.

Il n'y a plus que Tania et lui, à présent, à la maison. Les enfants sont grands, ils ont déserté le *fare*. Les garçons reviennent parfois à la maison le week-end, quand ils sont *fiu* de la ville, qu'ils en ont marre, et que, même s'ils ne le disent pas, ils ont envie de voir leur mère. Les filles viennent moins, elles sont dans leur belle-famille, élèvent leurs enfants. Sauf sa fille *fa'a'amu*, la fille de sa sœur qu'il a élevée et aimée comme si c'était la sienne. C'est la petite dernière. C'est aussi sa préférée, mais il ne le dit pas. De tous les enfants, elle est celle qui rentre le plus souvent.

Il prend sa canne à pêche rangée dans la remise du jardin et ses appâts, tout en pensant à son oncle, celui qui s'est fait croquer par un requin parce qu'il gardait sur lui le poisson pris. La blessure était vilaine, le traditionnel citron n'avait pas suffi à la soigner, on l'avait emmené à l'hôpital. L'oncle avait survécu. Petit, Oscar regardait, avec ses cousins, la cicatrice dans le flanc de l'oncle. La peau boursouflée, recousue, à jamais marquée. Oscar pouvait fixer longtemps cette chair déchirée. Il lui semblait parfois voir les mâchoires du requin s'ouvrir et se refermer sur le corps de son oncle, ça le fascinait.

Son oncle était retourné en mer peu après. Mais il laissait désormais une glacière dans le bateau avec lequel il partait pêcher et déposait directement ce qu'il attrapait dedans. Le squale ne le croquerait pas deux fois.

Oscar traverse le jardin en balançant quelques miettes de pain sec aux poules qui se jettent dessus en gloussant. Il scrute son potager de tomates, courgettes et pommes de terre qu'ils cultivent avec Tania. Cela fait longtemps qu'il n'a pas plu et ça l'inquiète. Ils ont arrosé, arrosé, arrosé autant qu'ils pouvaient les légumes dont ils ont besoin pour se nourrir. S'il leur en reste un peu, Tania les vend sur le bord de la route.

La rangée de bananiers se porte bien. Les fruits sont encore verts, bientôt ils seront prêts pour eux et pour les étals de Tania. Les papayes et les mangues non plus ne sont pas encore mûres. Mais Oscar leur fait confiance pour devenir juteuses et sucrées.

Sur un petit carré de terre, quelques cœurs de cocos, juste pour lui.

Oscar arrosera ce soir son potager, quand il rentrera, fatigué de sa longue journée.

La lune descend tandis que le soleil monte tranquillement. Il referme derrière lui le portail et avance sur la route, sa canne à pêche sur l'épaule et ses appâts dans un seau au bout de son bras.

La route est goudronnée, pleine de nids de poule et bordée de plantes.

Oscar marche ainsi de longues minutes, de son pas lourd qui marque le poids de son âge. Au bout de la route, sur sa gauche, la mer où il vient pêcher tous les matins. Il descend sur la plage, ôte ses chaussures qu'il dépose dans un coin d'ombre et s'enfonce doucement dans l'océan.

Il lance sa ligne, paisiblement, attendant qu'elle se tende. À l'abri sous son chapeau, il surveille les mouvements de la surface de l'eau, tandis que ses pensées dérivent. Il songe à son père qui disparaissait en mer toute la journée pour rapporter de quoi nourrir sa famille. Il l'accompagnait parfois et ce tête-à-tête entre hommes, à scruter les poissons et l'horizon, lui tenait à cœur. Il croyait alors que ses journées, lorsqu'il serait grand, se dérouleraient entre ciel et mer, aveuglé par la lumière.

Et puis le Progrès et la Civilisation sont arrivés. Il a fallu travailler. Mais pas travailler la terre comme avant, la cultiver à la force de ses bras pour produire de quoi subsister. Il a fallu cesser de naviguer loin et longtemps pour rapporter à manger. Il a fallu gagner de l'argent.

Et son île s'est transformée.

Oscar n'a pas aimé les changements qu'il a observés. Mais il n'a rien dit. Il a pensé qu'on ne luttait pas contre le Progrès.

Il s'est fait embaucher sur des chantiers. Il a construit des maisons, des immeubles. Il le fait toujours. Il travaille des heures durant en plein cagnard, silencieux, concentré. Il a appris le métier de maçon, d'électricien, d'homme à tout faire. Il s'est adapté, Oscar.

Au début, il a beaucoup travaillé pour mettre de l'argent de côté. Avec Tania, ils ont ensuite acheté un bout de terrain sur lequel il a construit leur logis.

Racheter sa propre terre. Il en a eu un goût amer dans la bouche. Mais là encore, il n'a rien dit. Oscar n'est pas un homme qui conteste, s'oppose brutalement ou se rebelle. Oscar combat à sa manière, silencieuse et déterminée, en se coulant dans les évolutions du temps et de la société, en gagnant sa vie à la sueur de son front.

Il pense à tout cela alors qu'il a de l'eau jusqu'à la taille et qu'il tient fermement sa canne à pêche.

La position du soleil dans le ciel lui indique qu'il a encore du temps avant de devoir partir. Ce sera alors la fin de sa première journée, celle où il est pêcheur. Ensuite il retournera chez lui, déposera son matériel de pêche et prendra le *truck*. Le bus l'emmènera en ville où il commencera sa deuxième journée, sur les chantiers.

Oscar est habité par la nostalgie d'une île disparue. Il cultive cette île en lui, la fait revivre quand il prend son *ukulele* et qu'il entonne, gravement, les chants de son pays, quand il parle à ses petits enfants de la Polynésie d'avant, pour leur apprendre, leur transmettre. Pour qu'elle ne meure pas tout à fait et que son paradis ne sombre pas dans les profondeurs de l'oubli.

Le fil se tend, Oscar vient d'attraper sa première prise de la matinée.

Il fait chaud. Une chaleur à crever. L'air est immobile, comme suspendu. La chape de lumière qui tombe du ciel bleu limpide semble tout envelopper d'une fine pellicule dorée, on dirait un tableau. Il est presque douloureux de regarder autour de soi, tant le soleil éclabousse. Même respirer devient pénible. L'air brûle la gorge et les narines.

Elle passe sa langue sur ses lèvres sèches, vide sa bouteille d'eau d'un trait. Sa peau est moite, dégoulinante de sueur. Elle est coincée entre une *māmā* qui s'évente avec son chapeau en feuilles de cocotier et un petit garçon obèse qui boit du Coca.

Ils attendent tous le *truck*. Serrés sur un banc, assis sur le trottoir, ou debout. Cherchant un peu d'ombre, un souffle de vent. Elle est la seule Blanche. Comme d'habitude. Il n'y a que les locaux, quasiment, qui prennent le bus ici. Et quelques rares touristes en mal d'exotisme. Les autres ont leur voiture. Ils ne connaissent pas l'éternité de l'attente, sous un soleil de plomb, quand on ne sait pas quand le chauffeur passera. Pas d'horaire. On attend, c'est tout. Et quand le bus arrive, on se lève péniblement pour monter dedans. *Aue tataue* ! Quelle lassitude ! Et on s'entasse tous dans le bus. Assis sur les bancs en bois ou au milieu, jambes écartées, ventre contre dos. Comme si on s'enfilait tous !

Pas de bus à l'horizon. Son regard se perd au loin. Dans les bateaux qui dansent sur les flots.

Elle songe un instant à traverser la route et sauter. Dommage que l'eau du port ne fasse pas envie.

Elle rêve d'une pastèque. Ou d'un jus de fruits frais pressés. Ananas ? Non. Mangue ? Non plus. Une orange. Oui, voilà, elle a envie de ça. Un jus d'oranges pressées. Qui éclate contre le palais, dévale la gorge, mouille les lèvres et la langue. Désaltère. Un jus d'orange et des glaçons, dans un grand verre. Avec une paille rose et une longue cuillère.

Elle essaie de penser à autre chose. Mais ça revient. Son royaume pour une orange pressée. Son royaume de pacotille, son *fare* que les cyclones peuvent déglinguer comme bon leur semble.

A-t-elle le temps pour un jus d'orange, avant que le bus n'arrive ? Un coup d'œil sur sa montre. Plus d'une demi-heure qu'elle attend, il ne devrait pas tarder.

Sa voisine peine à s'éventer, tant le moindre mouvement coûte. Elle est à deux doigts de voler le Coca du petit à côté, ça ne lui ferait pas de mal d'arrêter de se gaver de sucre.

Elle n'y tient plus, se lève. Décolle sa robe de ses fesses et sent les gouttes de sueur qui glissent le long de ses cuisses.

Elle quitte le marché, avance lentement vers le centre Vaima, se traîne jusqu'au Rétro. Ses tables rouges sur fond de mer bleue. Elle attrape une carte. Comme ça, pour voir. Huit cents francs le jus d'oranges pressées, quasiment sept euros. Elle le sait, elle connaît les prix, mais ça la surprend toujours. Elle ouvre son portefeuille. Il lui reste juste de quoi se payer le bus pour rentrer chez elle. Ce n'est pas la peine de tirer des sous au distributeur, elle a déjà essayé. Son compte est vide. Encore dix jours avant la fin du mois. Elle ne sait pas comment elle va tenir.

Elle se pose sur un banc de pierre, à l'ombre, en face du Rétro. Se prend à délirer sur son jus d'orange. Comme elle serait bien en terrasse !

Tahiti paradis… Mon cul ! C'était ce qu'elle imaginait avant d'arriver. Elle avait entendu les récits familiaux, l'oncle parti dans ces contrées lointaines et exotiques dont on parlait en chuchotant. Il avait épousé une Tahitienne et ils vivaient comme des sauvages. D'amour et d'eau fraîche, nus sur la plage. Plein d'enfants autour d'eux. Parce que, bien sûr, on nique beaucoup dans ces îles voluptueuses. La dernière fois qu'elle avait été à une soirée, d'ailleurs, les types lui ont proposé de rester, pour une partouze. Elle avait décliné poliment. « Merci non, je vais rentrer chez moi ». Ils lui avaient répondu de ne pas faire sa timide, qu'ici les filles étaient toutes chaudes, c'était bien connu. Ils avaient encore l'accent du sud de la France dans leur voix, ils ne devaient pas être là depuis longtemps. Elle les avait regardés sans rien dire, avait souri, était repartie dans la nuit. À pied, puisqu'il ne restait quasiment plus personne. Du moins en état de conduire.

Beaucoup d'histoires circulaient sur cet oncle. Ça avait bercé son enfance. Elle n'avait pas vraiment écouté la suite. La femme de l'oncle malade, qui avait attrapé l'éléphantiasis, piquée par un mauvais moustique. Sa jambe énorme, enflée, à jamais dénaturée.

Et puis le retour en métropole, avec la ribambelle de gamins. Elle se souvient vaguement de cette tante, de ses jupes amples pour cacher la jambe difforme.

Elle n'a pas vraiment voulu retenir tout ça, elle s'est arrêtée à leur vie là-bas, sous les cocotiers.

Elle a rêvé de ces îles tout imprégnées d'odeurs, de langueurs, de saveurs. Elle a rêvé de cet ailleurs lointain aux mille couleurs. Quand elle était plus jeune et qu'elle passait les étés au bord de la mer, elle la contemplait durant des heures. Elle voulait aller de l'autre côté. L'herbe devait y être plus verte, la vie plus douce, les aventures plus folles.

En accumulant les petits boulots, elle a économisé. Et puis quand elle a eu assez d'argent, elle est partie.

— Un aller simple pour Tahiti s'il vous plaît.

— Êtes-vous sûre Mademoiselle ? L'aller-retour est à peine plus cher, et puis, on ne sait jamais.

— Pas besoin de retour, merci.

Elle avait vingt ans, beaucoup d'assurance et des images plein la tête.

Les années ont passé et elle a connu pas mal de galères.

Il paraît que la misère est plus facile au soleil. Conneries ! La misère, ça reste la misère. Ça te colle à la peau et ça te fait te sentir comme une merde.

Ne pas avoir de fric quand on vit sur une île où tout est cher, quel enfer ! Et ne pas pouvoir quitter l'île quand on le souhaite, c'est peut-être le pire. Ça la rend prisonnière. Prison dorée, entend-elle dire. Prison quand même, pense-t-elle.

Même pas de quoi se payer une orange pressée. Elle contemple ses pièces dans le creux de sa main. Elles brillent au soleil, brûlent. Il y a comme un zeste d'orange sur le bout de sa langue, mirage désaltérant. Il faudrait qu'elle arrête d'y penser, ça lui donne encore plus soif.

La mer est trop bleue, il fait trop beau. Alors elle craque, s'assoit en terrasse et commande son orange pressée. Elle partira en courant du Retro, pour ne pas payer. Elle l'a déjà fait, elle peut recommencer.

Et voilà la serveuse. Sur son plateau le verre désiré, déposé devant elle.

Elle cligne des yeux, l'azur de la mer se dissout dans l'orange du verre. La mer est bleue comme une orange. Ses lèvres se referment sur la paille, elle aspire une première gorgée. Puis une deuxième. C'est l'ivresse du bonheur qui se déverse en elle, coule dans sa gorge. Un torrent rafraîchissant. Elle ferme les yeux de plaisir, savoure.

Plus tard elle détalera.

Une fleur de *tiare* en papier glissée derrière l'oreille, je me fraie un chemin dans le métro parisien. Je joue des coudes, sur la pointe des pieds, tête baissée. J'ai changé. Je me souviens au début, c'était l'aventure : *je voyageais sous la terre*. Je voulais tout voir, riais, parlais aux gens. J'ai arrêté. Trop de types bizarres qui m'ont abordée, trop de situations délicates provoquées. Je continue de sourire, en revanche. Aux mecs mignons et aux enfants. Aux premiers parce que ça met du baume au cœur, aux seconds parce que je conserve au fond de moi une part d'enfance.

Et cette première fois où mon wagon s'est immobilisé en cours de route. Mon sang qui cogne dans mes tempes, les larmes qui montent. Je ne veux pas mourir. Coup d'œil sur les passagers, personne n'a l'air alarmé. On repart sans avoir été percutés par le train suivant. Je respire, soulagée, heureuse. Explosion de rire de mes copains quand je leur raconte.

Châtelet-Les Halles. Saint-Michel-Notre-Dame. Luxembourg. Je descends. Au milieu du ciel bleu glacé, un soleil de printemps étincelant. À chaque fois, l'éternité de l'hiver et, quand je crois que je n'y survivrai pas, le printemps qui éclate. Avec le sentiment de renaître et d'être prête à tout, quand le froid ne mord plus, que le vent ne fouette plus, que l'éclat de la neige laisse place aux peaux nues. C'est en France que j'ai découvert le charme des saisons. Après avoir connu le soleil polynésien constant, l'assurance de sa chaleur.

Je repense aux premiers flocons de neige que j'ai vu tomber. Mes amis qui me les montrent. « Ce ne sont pas de vrais flocons ». « Pourquoi tu dis ça ? ». Je m'apprête à répondre que j'en ai aperçu dans les dessins animés, quand j'étais petite, ils étaient bien plus gros. Au moment où les mots se forment dans ma tête, je réalise. Je ris, m'en tire avec une pirouette et profite avec eux du moment. Puis, j'ai appelé chez moi, à Tahiti, pour partager cette grande nouvelle. *Il neige à Paris.*

Le soleil me chauffe doucement. Sur ma droite, le Panthéon. Ses murs hauts, ses piliers droits et froids, sa solennité et sa beauté. Je n'y suis entrée qu'une seule fois. C'était pour une réunion d'information sur la rentrée. Je m'étais perdue, j'avais couru, j'allais finir par être en retard et j'enrageais. Et puis soudain, il s'était dressé devant moi, me tendant les bras. J'avais relu le papier froissé au creux de ma main. *Rendez-vous au Panthéon, à 14 h.* Mon cœur dans ma poitrine affolé, comme pour une rencontre amoureuse. J'avais sprinté sur les derniers mètres, escaladé les marches du bâtiment et pénétré à l'intérieur, retenant mon souffle. J'avais demandé au guichet où avait lieu la réunion. Silence. Étonnement. Et puis le déclic : « Vous êtes étudiante en droit ? Alors, sortez, ce sera sur votre droite ». La lumière dehors m'avait un instant éblouie avant que je ne voie mon université. Je n'en revenais toujours pas. *J'allais étudier à la Sorbonne.* Moi qui venais de si loin ! L'histoire du Panthéon, je ne l'ai racontée à personne. J'avais trop honte.

Coup d'œil sur ma montre. J'ai de l'avance, aussi je sillonne mon quartier. Gît-le-cœur, Saint-André-des-arts, les noms des rues sont des poèmes. Je prends un bain de foule. J'aime cette marée humaine, ce va-et-vient permanent, je me crois au milieu des vagues. Je me dirige vers le square du Vert-Galant, pour retrouver mes copines. Entouré d'eau, on dirait un *motu*, une île minuscule. Dès que je peux, je vais sur les quais. Peut-être parce que j'ai grandi sur une terre cerclée de mer. Je m'endormais, bercée par sa rumeur et, au matin, quand l'île était encore assoupie et que je me croyais seule au monde, j'allais l'admirer. La mer était partout : dans mon souffle, dans mes cheveux humides, sur ma peau salée. Je ne savais pas alors son importance pour moi. C'est quand j'ai quitté mon caillou que j'ai compris. Le cœur mordu, les yeux perdus, j'ai cherché mon salut. J'ai cherché l'eau. Les péniches dansent sur le fleuve. Je cligne des yeux et entrevois les bateaux amarrés à Papeete. Au loin, je devine la pyramide du Louvre, dont les parois de verre scintillent au soleil comme la surface de l'océan. Une troupe de jeunes me dépasse, j'entends l'exotisme dans leur accent. Leur peau mate m'évoque celle des Tahitiens et, dans ma tête, des R roulent comme des *tō'ere*. Un groupe qui fait de l'aviron trouble mon champ de vision. J'imagine une course de *va'a* sur la Seine, les pirogues qui filent, je souris. Paris, au travers de mes yeux de Polynésienne de cœur, a des saveurs et des couleurs connues de moi seule.

Mes amies sont là. Mes Parisiennes délurées et pressées. Claquement de bises et la joie d'être entre nous. On discute et le rosé coule à flots. Nos aventures avec les mecs, nos mésaventures au boulot, nos sorties et nos folies. Le jour s'étire, le ciel devient pastel, la Seine vire au gris ardoise. Je savoure. Et mesure le chemin parcouru depuis mon arrivée, il y a quelques années. Dans l'avion qui m'emmenait loin de chez moi, en partant pour la métropole, je prenais mon envol. Des racines et des ailes. Déracinée des ailes. Une montagne de colliers de coquillages qui mangeaient mon visage, masquaient mon émotion. De l'autre côté de la terre, une ville entière à conquérir, un continent à découvrir. J'étais grisée. Et parfois, malgré la joie et l'intensité de cette nouvelle vie, il y a eu le manque terrible de ma famille et mes amis, de cette terre autre et pourtant mienne. La capitale me semblait alors trop grande, trop sombre, trop froide. J'étais *fiu*, je voulais rentrer à la maison.

Une silhouette longue et fine sur ma gauche. Je plonge dans ses yeux azurés comme dans les eaux du lagon. Je m'élance, on s'enlace. Nos lèvres se cherchent, s'embrassent, s'embrasent. Il partage un verre de rosé en discutant avec mes copines, tandis que je les observe. Au fond, c'est aussi grâce à eux que j'aime autant Paris, aux antipodes de mon île chérie. Ils sont ma famille choisie, ma patrie d'adoption. Il fait grincer son humour corrosif et les filles se marrent. On finit notre verre, on dit au revoir et on rentre à pied tous les deux. Les canards flottent à la surface de l'eau. On parle de l'été qui arrive, on ira en Polynésie.

Depuis que j'en suis partie pour faire mes études, je n'y suis retournée qu'une seule fois, en vacances. Et j'en ai pleinement profité. Il n'a pas plu de tout le séjour. La mer tous les jours. Ma peau pain d'épices brûlée de soleil. Les sorties avec les copains, les soirées à danser. Mon bassin qui ondule, mon corps qui vibre. Les yeux fermés, j'ai dansé avec des inconnus.

Leur main dans mon dos qui imprime le rythme, façonne mes mouvements. On fait l'amour comme on danse, ici. J'étais heureuse, je dormais peu. Après mes nuits blanches, dans le petit matin nacré, je roulais le long de la côte est, vers chez moi. Quand j'arrivais, je me tenais sur la terrasse qui dominait la mer et me laissais happer par le bleu sombre. Au loin l'horizon, ligne tendue entre ciel et mer sur laquelle je vacillais de sommeil. J'allais me coucher. Je pensais à ce que je ferais après. Maroto ? Fautaua ? Je n'aurai jamais assez d'énergie pour cela. Pour marcher jusqu'à la rivière ou escalader la montagne. J'irai plutôt m'allonger sur le sable chaud. Plonger dans l'eau quand la chaleur ne serait plus tenable. Nager à en perdre la raison et le souffle. Cracher de l'écume. *J'étais de retour*. Rien d'autre ne comptait.

Malgré mon bonheur d'être là, quelque chose n'allait pas. Je devais reconnaître que Paris me manquait. Et quand j'y reviendrai, je savais que toujours la Polynésie me manquerait. Je m'étais sentie déracinée en métropole. Mais je ne m'attendais pas, une fois revenue au pays, à ne plus être certaine de savoir où était chez moi. Ou plutôt à devoir admettre qu'il y avait désormais d'autres endroits où je me sentais chez moi, où je pouvais être heureuse. C'était peut-être ça, le plus grand déracinement.

Cela ne change rien au fait que la Polynésie reste la terre de mon enfance, celle qui m'a vue grandir, celle qui m'a poussée hors de ses frontières, telle une mère exhortant son enfant à vivre pleinement. Tahiti est le ventre maternel de mon enfance, et Paris, le théâtre de ma vie d'adulte.

Je pense à tout ça en cheminant le long des quais parisiens, aux côtés de l'homme que j'aime.

Le soleil se couche ici et va se lever là-bas. Peut-être que là-bas est plus proche d'ici que je ne le crois, peut-être qu'un jour j'arriverai à tout concilier en moi. Le disque d'or s'est noyé dans la Seine, mes yeux se ferment, je crois le voir émerger à la surface du lagon.

Je m'appelle Moana et je porte le vide en moi. Moana, c'est le bleu de l'océan, celui qui s'agite et gronde en moi. C'est le bleu tellement foncé qu'il en devient violet, presque noir, quand le courant t'emporte loin et que tu finis par sombrer au fond, tout au fond de la mer.

Tu essaies de remonter, mais tu as été entraîné trop loin, trop profondément. Alors tu regardes autour de toi, tandis que tes poumons se remplissent d'eau, que tes tympans éclatent, que tes joues se gonflent. Tu peux pas tomber plus bas et t'es mal. Tu lèves la tête, tu vois la surface et tu te rappelles que c'était pas mieux là-haut. Et là, tu te dis que tu es peut-être pas si mal ici.

Je m'appelle Moana et je porte le vide en moi. Depuis tout petit, je crois. J'appartiens à la jeunesse dorée de Tahiti. Bienheureuse jeunesse. Ma vie est comme un long week-end festif, où je sniffe, baise, bois jusqu'à plus soif.

Il est plus de midi — je le vois à la lumière dehors — et je suis encore au lit. J'ai arrêté la fac et je ne bosse pas. La journée sera, comme d'habitude, en coton. Je vais traîner encore un peu au pieu, puis sur mon bateau ou sur mon paddle. Lunettes de soleil sur le nez et Guronsan pour faire passer la gueule de bois, avec beaucoup de Perrier.

Je ferme les yeux, les souvenirs de la veille me reviennent par éclats. On a commencé la soirée chez Teva, dans les hauteurs de Punaauia. La grande villa, la vue sur Moorea. Tout ça on le voit à peine, ça fait partie du décor, de notre quotidien. Cela fait longtemps, il me semble, que je suis indifférent à la beauté de ce qui m'entoure.

On a sifflé quelques bières en regardant le soleil tomber dans la mer et fumé des joints.

Joy était à côté de moi. J'ai regardé sa peau couleur pruneau dans laquelle j'ai eu envie de croquer et j'ai fixé sa bouche. La ligne qui en délimite les contours est comme effacée. Elle a une façon de retrousser ses lèvres sensuelles sur ses incisives qui m'excite. Je me suis penché sur elle et je l'ai embrassée. Ça fait un moment qu'on n'a pas couché ensemble. Elle m'a rendu mon baiser et puis elle s'est décalée en riant. « Moana, on va pas remettre ça ! J'ai un copain en plus, s'il apprend, il va pas être content ». Je le connais vite fait, son mec, plutôt baraqué, je tiens pas à avoir des emmerdes avec lui. Alors j'ai souri, posé une main amicale sur sa hanche et puis on a continué à boire. Je la choperai une prochaine fois. On s'est fait quelques cocktails sympas ensuite, en mélangeant rhum, whisky, gin.

Ça a commencé à tourner dans ma tête, je me suis allongé dans le jardin en regardant les étoiles. J'avais encore des pensées sombres. Lewis m'a rejoint. On planait sans rien dire, puis je lui ai taillé une pipe. Je bandais, mais je ne lui ai pas demandé de me finir. Je ne savais pas encore ce que la nuit me réservait.

— Lewis, j'ai envie d'un trip d'ice, là. Pas toi ?

— Nan, mec, il est trop tôt, après je vais être trop défoncé.

Sa voix traînait, à moitié endormie. Il était encore dans ce moment somnolent qui suit la jouissance.

— Allez, viens avec moi en chercher, mec, s'te plaît.

Il a soupiré. J'ai su que c'était gagné.

— OK. On prend ta voiture ?

— Yes, mon frère.

On a filé dans la nuit jusque chez elle. C'est la seule de la bande avec laquelle je n'ai pas couché. Ce n'est pas l'envie qui me manque. Mais Lila refuse toujours en riant. « Ah non, Moana, t'es qu'un tombeur ! T'es beau et tu le sais, tu me prendras juste, et après, tu me laisseras tomber comme une vieille chaussette, comme tu le fais avec tout le monde. Et puis, t'as qu'à choisir un peu, t'as qu'à choisir de te poser. Et là, alors, peut-être, on verra… » Je me moque d'elle quand elle dit ça, elle, la croqueuse d'hommes. Mais qui sait ? Peut-être a-t-elle raison ? Ce pourrait-il qu'elle soit ma rédemptrice, ma sauveuse ? Peut-être qu'un jour je me caserai avec elle, et qu'elle tiendra à distance les démons et les pensées noires qui m'habitent et éclatent dans mon cerveau comme des bulles de savon.

On est arrivés chez Lila et on l'a réveillée. C'est fou comme elle est belle. Je l'ai toujours trouvée magnifique, déjà petite, avec ses cheveux blonds en bataille, ses yeux de chat et son sourire railleur.

* * *

Au début je ne savais pas si c'était encore la nuit ou déjà le jour, et j'ai hésité à foutre une claque dans la gueule de la personne qui se tenait au-dessus de moi. Et là, j'ai vu le visage de Moana. J'ai eu envie de passer mes mains autour de son cou et de l'embrasser. Je me suis réveillée tout à fait. Je peux pas faire ça. Quoique.

Et si je cédais, une fois seulement, juste une fois ?

J'en crève d'envie.

Lewis était à côté de lui. J'ai souri. Je savais pourquoi ils étaient là.

* * *

Après nous avoir demandé de faire moins de bruit pour ne pas réveiller ses parents qui dormaient à l'étage, Lila nous a vendu de l'ice. Les cristaux blancs scintillaient dans ma main. Je commençais à me sentir mieux.

— J'ai aussi un truc nouveau, a murmuré Lila. C'est mon frère qui m'en a ramené de Bali.

— C'est quoi ? j'ai demandé.

Elle est allée fouiller dans sa table de nuit, est revenue près de nous et a ouvert la main. Des petites pilules bleutées.

— C'est un truc de ouf. Tu mets sous ta langue, tu laisses fondre et, après, tu te dissous dans l'univers. Sérieusement, si tu en prends alors que tu es allongé sur le sol, par exemple, tu te mêles à la terre. Si tu le prends en mer, tu deviens océan.

— Ah, ouais, j'en ai entendu parler, l'a coupée Lewis. Il paraît que si tu en prends trop, après tu te transformes en cannibale. Vous imaginez ? On se boufferait tous entre nous et exit Tahiti !

— T'es bête, Lewis ! Bon, vous voulez tester ?

— Pourquoi pas, j'ai répondu. Il faut en prendre combien ?

— Juste un, ça suffit, et le regard de Lila s'est fait grave. Ne déconnez pas avec ça les gars. À Bali, apparemment, y'a des mecs qui en ont trop pris.

— Et ? s'est intéressé Lewis.

— Je crois que ça s'est mal fini. On les a emmenés à l'hôpital, mais c'était trop tard.

L'information s'est nichée dans un coin de mon cerveau.

Je lui ai pris une petite dizaine de pilules bleues. Elle m'a regardé d'un air suspicieux, mais je lui ai dit qu'on retournait à la fête après et que je voulais partager.

On a sniffé de l'ice tous les trois sur la terrasse. Et je me suis senti bien. Vraiment bien. Euphorique. On s'est allongés sur les transats et on a laissé la drogue monter. Je souriais, la nuit était belle. J'ai pris la main de Lila qui traînait par terre et je l'ai serrée fort. Elle a laissé sa main dans la mienne. Quand elle est là, j'ai l'impression d'aller un peu mieux. Encore une fois, j'ai pensé qu'elle pourrait me sauver de moi-même. Faire taire les voix dans ma tête qui me disent que tout ça ne sert à rien, que tout est vain, qu'à la fin, de toute façon, il n'y a que le bocal à poissons pour tout le monde. J'ai pensé qu'avec elle je pourrais y arriver. On est restés longtemps comme ça, elle me regardait et j'aimais bien.

Ensuite elle s'est levée, elle était fatiguée et voulait retrouver son lit. Je lui ai proposé en plaisantant à moitié de la suivre. Elle m'a lancé un drôle de regard. D'habitude, elle me rabroue direct, mais là, elle a hésité une fraction de seconde : « Une prochaine fois peut-être ». Dans ses yeux verts, il y avait comme une promesse, et toujours cette lueur moqueuse. Je me suis demandé si elle plaisantait. Je verrai bien. J'ai déposé un baiser dans son cou pour lui souhaiter bonne nuit et elle m'a laissé faire. Je crois même qu'elle a frissonné.

* * *

Après leur départ, j'ai compté mes sous. La nuit avait été fructueuse. Je suis allée me servir un verre d'eau dans la cuisine, j'étais pas tout à fait tranquille. À cause du regard de Moana, quand j'ai dit de pas forcer sur la dose de pilules bleues, je crois.

Je me suis recouchée, j'arrivais pas à dormir. Et plus je cherchais le sommeil, plus je pestais contre Moana et Lewis de m'avoir réveillée. Franchement, j'aurais mieux fait de les suivre, si c'était pour me taper une insomnie. Mais j'en ai marre de ces soirées. Toujours les mêmes. Il ne s'y passe rien. Rien de nouveau, rien d'exaltant, rien de ouf.

Dans mon cou il y avait encore l'empreinte des lèvres de Moana.

J'ai senti que je sombrais doucement.

* * *

Avec Lewis, on a rejoint le reste de la troupe. Entre-temps, ils avaient changé de villa. C'était une autre maison, encore plus grande, encore plus chic. On a dansé autour de la piscine immense, la musique comme une ondée qui traversait nos peaux entremêlées. J'ai fermé les yeux et tout allait pour le mieux dans le meilleur des mondes. Certaines nanas ont commencé à se déshabiller en remuant le bassin de manière plutôt sexy. L'immense brasier sexuel pouvait commencer. J'ai détourné les yeux de leurs hanches mouvantes, j'avais envie d'un mec.

Au début j'aimais bien ce léger moment de bascule, où l'on a l'impression de ne faire tous plus qu'un, où l'on se perd où l'on s'éprend où l'on a la sensation de jouir à l'infini. Maintenant, je crois que je m'en fous.

Les filles ont ensuite voulu aller en boîte alors on a bougé. On a pris nos belles voitures et on a filé sur la route de l'Ouest en faisant la course, en klaxonnant et en gueulant pour se sentir vivant.

On est allés à l'*Helios* et on a pris du champagne à volonté. Les filles ont dansé et nous on suivait. Toute la nuit. Quand on a quitté la boîte, le jour commençait à pointer. On a été au marché et on s'est ravitaillés : croissants, poisson cru, pain coco, *chao mein,* ce plat de pâtes et de légumes, ça me cale l'estomac après les soirées. On est aussi allés au spot du cinéma Liberty pour acheter du *pua'a* rôti, rien de tel que du porc pour se remettre de nos nuits mouvementées, puis on est retournés chez Teva manger notre festin.

On a discuté de la prochaine soirée, celle de ce soir.

— On peut faire la teuf sur mon bateau, si vous voulez, j'ai proposé.

Elles sont plutôt sympas. Entre le lagon et les étoiles, le champagne coule à flots.

— Carrément ! s'est exclamé Lewis.

— Attendez j'ai une idée encore meilleure, a dit Joy. Ce soir, c'est vendredi soir, faut fêter ça.

Les autres ont rigolé. Pour nous, c'est toujours vendredi soir.

— Écoutez-moi au lieu de rire. Les pilotes, vous pourriez nous emmener avec vos avions à Bora ?

C'est vrai que notre petite bande compte deux pilotes qui ont leur propre jet privé. La meute a rugi. Ainsi soit-il, nous irons à Bora Bora. Terre d'élection des touristes, avec son lagon turquoise qui vire au vert émeraude, son île principale et ses nombreux *motu* qui l'entoure. Une ribambelle de petites îles-diamants qui comptent des hôtels où le prix de la nuit dépasse l'entendement pour le commun des mortels. Nous, on va toujours sur les îlots. On laisse la grande île aux miséreux, aux chiens galeux, aux touristes peu aventureux.

J'ai fermé les yeux tandis que le ciel se parait de couleurs et que le soleil allumait la mer.

On s'est donné rendez-vous à seize heures à l'aéroport et on s'est tous dispersés. Je suis rentré chez moi et j'ai dormi.

Il est plus de midi et je ne sais pas quoi faire de ma vie. La soirée de la veille résonne dans mon crâne, trop d'alcool, trop d'ice.

Je me souviens d'un coup des petites pilules bleues. Je fourre la main dans la poche de mon jean, elles sont toujours là. Je les transfère dans celle de mon short de surf que je viens d'enfiler.

Je m'appelle Moana et je porte le vide en moi. Et on dirait que chaque jour le vide enfle, gagne du terrain, m'emplit davantage. Je ne sais pas quoi faire pour le combler. Je n'essaie peut-être pas vraiment.

Il y a du bruit en bas, dans la cuisine. Sûrement Maman. Je sors silencieusement par derrière, je chope mon paddle dans le jardin et je descends sur la plage.

Sur ma longue planche, je traverse le lagon et rejoins l'océan. Assis en tailleur sur mon paddle, je me dis que je suis fatigué, que je suis *fiu* de vivre. J'hésite. Un instant l'image de Lila me traverse, mais ça ne suffit pas. Les pensées sombres tournoient comme des vagues dans mon cerveau et les petites pilules scintillent dans ma main du même éclat bleu intense que la mer. Je les avale toutes d'un coup.

Après, je m'allonge sur ma planche en me laissant dériver. Elle avait raison, Lila, je deviens océan.

J'aurais bien aimé, une dernière fois, sentir la pluie.

* * *

J'ai vu Moana s'éloigner à travers la baie vitrée de ma chambre et j'ai tout de suite compris. J'ai quitté les bras de Lewis qui m'avait rejointe au petit matin pour finir la nuit et j'ai couru le long du ponton en hurlant le prénom de Moana, mais il ne m'entendait pas. Il était trop loin, c'était trop tard. J'ai voulu tout casser autour de moi, mais il n'y avait rien. Je savais que je n'aurais jamais dû vendre ces petites pilules à Moana, mais je sais aussi que tôt ou tard, ce serait arrivé. Moana, je l'aime depuis toujours, même quand on se battait dans la cour de récréation, quand on était petits. J'essayais d'attirer son attention, lui qui brillait si fort au milieu de tout le monde. J'avais mal au cœur quand je l'ai vu plus tard enchaîner les conquêtes, mais j'ai fait la fière, celle qui s'en foutait, sans jamais lui avouer que j'étais amoureuse de lui. J'aurais pu sortir avec lui, combien de fois ne me l'a-t-il pas demandé ? Moana et Lila. Nous aurions été beaux ensemble.

Je crois que si j'ai résisté à son chant des sirènes, c'est que j'ai toujours su, au fond de moi, qu'un jour il se tuerait, qu'il retournerait à la mer. Il aura bien porté son prénom. Moana-océan, Moana-grand bleu. Prince des nuées, de retour dans son royaume.

Je l'ai regardé devenir un tout petit point à l'horizon. Et puis je n'ai plus rien vu.

J'ai pleuré, longtemps.

J'ai cru pouvoir vivre sans toi. J'ai cru pouvoir vivre loin de toi. Tahiti ? Ça va, merci, je connais. Je veux autre chose.

La vérité, c'est que je crève d'être séparée de toi, ne plus te respirer, ne plus te voir.

J'avais oublié. La chaleur moite qui te plombe, le chant des coqs n'importe quand, les averses qui te tombent dessus sans crier gare. Pas la peine de bouger, ça va passer. Et le soleil reviendra, restons au bord de la mer, l'eau y est encore plus chaude quand il pleut. J'avais oublié les nids de poule sur la route, le bordel qui règne où que tu ailles, les R qui roulent dans les bouches, le son du *ukulele* partout, la douceur des gens qui te fait oublier les mandales que tu prends dans la gueule si tu te trouves au mauvais endroit, au mauvais moment, ou simplement chez toi.

Ce matin, je roulais le long de la côte est. Le vert, le bleu, l'humidité, les coups de klaxon, tout se mélangeait. Le *rae rae* sur le trottoir, tignasse blonde teintée sur peau caramélisée, un corps d'homme, mais tout d'une femme. J'ai souri. Tahiti chérie. J'ai dépassé les chiens errants, la ribambelle d'enfants, la nana qui rentrait de soirée éméchée dans le petit matin déchiré.

La folie de Tahiti. Tu ne m'auras pas. Tu ne m'attraperas pas, comme tu en as attrapé tant d'autres. Tu ne me rendras pas folle, comme tu as rendu fous tous les autres.

Je pleure d'être restée si loin de toi si longtemps. Comment ai-je pu ? Comment ai-je tenu ? Je ne sais pas. Ton parfum de fleurs dans mes veines, comme un poison vénéneux. Tes vagues qui affleurent, m'explosent au visage, me recouvrent. Je m'enfouis dans le sable noir. Six pieds sous terre, je finirai grignotée par les crabes. Et que mes os devenus poussière se mêlent à tes racines, je te nourrirai. Ainsi, je serai au plus près de toi.

Tahiti chérie. Je t'aime au moins autant que je te hais. J'ai lu dans un guide que tu allais disparaître dans cent millions d'années. J'ai pensé : impossible ! Un monde sans la Polynésie ? Impossible ! Ma gorge s'est serrée, j'avais du mal à respirer, je fixais l'océan. Tout ceci est réel, dans mes mains des cailloux, des coraux, du sable, tout ceci ne peut pas disparaître. Et puis j'ai pensé : bien fait ! Bien fait pour toi, maudite île !

Je pensais que je n'avais plus besoin de toi. Je me suis trompée. Je vais revenir. T'habiter. Te hanter. Chacune son tour.

Tahiti chérie. Mon amour, ma déchirure. Je te hais autant que je t'aime. Comme la vie était simple quand je t'habitais. On va où ? Côté mer ou côté montagne ? Côte est ou côte ouest ? Je n'ai jamais pu me résoudre à choisir. Est-ce que je préfère être si proche de la mer que je peux la toucher, ou admirer d'en haut la barrière de corail ? Est-ce que je préfère voir le soleil émerger des eaux sacrées ou mourir dans un immense brasier de bleus ? Je ne sais pas, je n'ai jamais su, j'ai toujours tout voulu. Tu vois à quels dilemmes tu m'exposes ? Tahiti chérie. Ce serait si facile de te croire idyllique. Les couleurs arc-en-ciel, le lagon incandescent, la chaleur constante. Si facile. C'est pour mieux faire oublier le bain de sang final, la folie qui s'étale, la violence qui gagne. Mais moi, je sais.

Va, tu ne m'auras pas. Je te résisterai. Je saurai t'échapper. Toujours.

Va, je ne te hais point.

J'ai cru que je pouvais me passer de toi. J'ai fait la fière, j'ai vécu loin de toi. Et tu sais quoi ? J'ai bien vécu. Paris. New York. Madrid. J'ai fait ces villes miennes, je me suis fondue dans l'asphalte. J'ai tout oublié de toi et je suis devenue citadine jusqu'au bout des doigts.

À Paris, je passais ma petite robe noire et chaussais mes bottines, je courais dans les rues un café à la main le matin, mes talons claquaient sur les pavés, je rentrais tard le soir en taxi, riais fort dans les bars, m'enivrais de lumières et de sons. À New York, je me suis noyée dans la foule. Anonyme, affranchie, grisée. Tout me semblait possible, dans cette ville étrangère, loin de ma langue maternelle et de mes repères. La ville qui ne dormait jamais. Rarement un lieu aura aussi bien incarné sa devise. Je me souviens des cocktails sur les *rooftops* surplombant Manhattan, des soirées sur les toits de Columbia University avec des geeks américains, la course-poursuite pour échapper au vigile qui avait manqué nous surprendre. J'ai dansé jusqu'au bout de la nuit, enfiévrée et radieuse. Les brunchs du lendemain faits de crêpes et de sirop d'érable. J'ai marché le jour, la nuit, petite robe flashy au milieu des gratte-ciels. À Madrid, j'ai passé un temps fou sur la Plaza Mayor, avec mes copains. *Tapas* et *chupitos* remplissaient nos ventres. Je me perdais dans les ruelles vibrantes, au milieu des consonnes chantantes.

Paris. New York. Madrid. Naples. Istanbul. Et tant d'autres encore.

Rentrer à Tahiti ? Jamais ! J'ai trop à faire, trop à voir, pas le temps, pas envie.

Rentrer à Tahiti ? Bon, OK, pas longtemps, juste un peu, un peu seulement, le temps de recharger les batteries, de me gaver, de me dorer, et puis je me tire.

La vérité c'est qu'à chaque fois que je te quitte, mon cœur vrille et se broie et je ploie. À chaque fois, j'ai l'impression qu'il va s'arrêter de battre et exploser en autant de morceaux que la Polynésie compte d'îles. Je crois que je vais bien quand je suis loin de toi, qu'il ne me manque rien. Et quand je reviens, à peine le pied posé sur le sol, je me rends compte. Il me manquait cette part de moi qui est toi. Il me manquait cela pour être pleine et entière. Il me manquait toi. Ton cœur qui pulse dans le mien. Ta chaleur qui m'entoure, tes bras qui m'étreignent, au risque de m'étouffer. Je sais. Je sais que tu vas m'entraîner avec toi. Loin au dedans de ta terre nourricière et de tes océans fluides. Je sais que tu vas me perdre, que je vais me perdre en toi. Je n'y peux rien. Je n'ai même plus envie de résister. Me laisser aller, couler, sombrer. Ma main dans la tienne je mets mon cœur au diapason du tien.

Quelle folie ! Quel mirage ! Moi, loin de toi ? J'y ai cru. Longtemps. La vérité c'est que j'en crève d'être loin de toi. Tahiti chérie. Tu te noies dans mes yeux et je ne sais plus si l'eau sur mes joues provient de la pluie ou de mes larmes.

Tahiti chérie. Je me suis perdue loin de toi, mais tu vois, je reviens. Reprends-moi en ton sein, meurtris-moi, berce-moi. Je reviens, c'est promis.

Tahiti chérie. Le ciel s'est ouvert, l'eau ruisselle. Et je me tiens sous la pluie, enfin.

Remerciements

Je tiens à remercier mes parents : ma mère, pour avoir toujours cru en moi, et mon père, pour m'avoir donné si fort le goût de la lecture. Merci aussi à ma soeur Capucine pour ses expressions kaina et à ma tante Nathalie, pour sa relecture attentive et ses conseils avisés.

Un merci tout particulier à mes premiers lecteurs, qui ont fait démarrer l'aventure : Marion, Bonne-Maman, Matthieu, Julie, Béatrice, Muriel, Gabriel, Frédérique, Claire ; et à mon éditeur, Luc, pour m'avoir fait confiance.

Sans oublier Claire, auprès de laquelle les possibles prennent vie.

Last but not least, merci à Florian, mon amour, pour son soutien sans faille et ses suggestions toujours originales, ainsi qu'à nos enfants, pour me laisser, de temps à autre, le loisir d'écrire.

TABLE DES MATIÈRES